社会万花筒之中国微小说系列丛书

送你一串红灯笼

赵明宇 著

中国书籍出版社
China Book Press

图书在版编目（CIP）数据

送你一串红灯笼 / 赵明宇著. —北京：中国书籍出版社，2016.10
ISBN 978-7-5068-5872-4

Ⅰ.①送… Ⅱ.①赵… Ⅲ.①小小说—小说集—中国—当代 Ⅳ.①I247.82

中国版本图书馆CIP数据核字（2016）第246719号

送你一串红灯笼

赵明宇　著

丛书策划	尚东海　牛　超
责任编辑	成晓春
责任印制	孙马飞　马　芝
封面设计	东方美迪
出版发行	中国书籍出版社
地　　址	北京市丰台区三路居路97号（邮编：100073）
电　　话	（010）52257143（总编室）　（010）52257140（发行部）
电子邮箱	eo@chinabp.com.cn
经　　销	全国新华书店
印　　刷	北京一鑫印务有限责任公司
开　　本	787毫米×1092毫米　1/32
字　　数	210千字
印　　张	7.5
版　　次	2017年1月第1版　2017年1月第1次印刷
书　　号	ISBN 978-7-5068-5872-4
定　　价	21.80元

版权所有　翻印必究

总　序

《社会万花筒之中国微小说系列丛书》由中国当代一流微小说（即小小说）作家，一人一册的单行本组成。所选作品，均为作者本人从《读者》《青年文摘》《意林》《小小说选刊》《微型小说选刊》等畅销杂志选粹而来。作品体现了作家在灵光一闪中捕捉到的生存智慧、独特体验、深度发现和特殊情感，文章构思新颖、奇异、巧妙，表现手法敏锐、机智，具有很强的文学感染力和可读性。其中，部分作品被翻译到海外，还有作品入选了国内中小学语文阅读教材或中高考语文试卷。

微小说体量虽小，却可折射大千世界的方方面面，信息量不小；篇幅虽短，却具备小说的全部要素，追求在突变中展现人的尊严、生命的原色和人性的光辉，以风格的独异、思路的奇特和情节的突转，来给人出其不意的一击，于"山穷水尽""柳暗花明"的峰回路转中，凸显"洞庭一叶下，知是天下秋"的独特艺术效果。

从上世纪80年代中期开始，快节奏的现代生活，使读者在工作、学习之外的阅读呈"碎片化"状态，人们在艺术鉴赏中，越来越注意审美经济原则，即以最少的时间获得最多的收获，微小说这种文体，恰好满足了读者这种"碎片化"的阅读需要，从而催生了微小说的迅速发展。

微小说不仅受到普通读者的喜爱，更是受到青年尤其是中学生的青睐。因为通过这套"社会万花筒"丛书的小孔，涉世不深的青少年能够纵览古今、了解中外、开阔视野、丰富阅历、辨别善恶、启迪智慧、砥砺意志，提高社会适应能力和观察分析能力，还可以学到语言运用、结构组织的写作技巧。

伴随着中高考制度改革，中高考作文越来越注重考查学生的想象力、创造力和感悟力，更加鼓励学生关注社会、关注生活。近年来的中考、高考语文试卷基本都有"话题作文"，而"话题作文"与微小说十分接近。2000年，陕西一高考考生的作文《豆角月亮》获满分，被曝属抄袭《小小说选刊》的微小说《弯弯的月亮》；2001年，南京高考考生蒋昕捷的《赤兔之死》获得高分，被转发于《微型小说选刊》。

本套丛书作者周海亮的《父亲的秘密》，入选了2008年福建省福州市初中毕业试题和中专学校招生考试试题，《诊》入选了同年度青岛中考试题，《父亲的游戏》入选了

2009年北京朝阳区高三第二次统一练习语文试卷,《战地医院》入选了安徽省合肥市高校附中2009年高三联考语文试题;本套丛书作者尹全生的《朋友,您到过黄河吗》,入选了海南省2005年高考测试试题语文卷的阅读题,《最后的阳光》入选了广东省2007年高考能力测试题,《海葬》入选了广州市天河区四校2009届高三语文上学期联考模拟试卷语文试题的"文学类文本阅读题",《狼性》被更名为《即绝不回头》,入选了2013年南京市中考模式题,等等。

近年来各省市中高考的作文命题中,"话题作文"已成为主要类型。只要学生平时读一点微小说,熟悉这种文体,或者尝试写过这种文体,在中高考时就不会犯怵了。如果头脑中有那么一两个人物、一两个故事,稍稍构思、加工,得到基本分是有把握的。

由此可见,不仅中国读者需要微小说,中国教育特别是中学教育更需要微小说,它是学生受益、教师推荐、教育界推崇、家长放心的一种文体。

编　者

栩栩如生的乡村人物（代序）

杨晓敏

在小小说创作领域，赵明宇属于实力派作者。他阅历丰富，有厚实的生活底蕴，多年来苦心经营自己的"元城"自留地，并在众多作品中精心刻画出形形色色的人物脸谱。他的传奇故事虽浓淡有致却不失曲折回环，或以轻松卸沉重，或以幽默调气氛，一路写来，一个个身怀绝技的人物个性昭然，令人忍俊不禁。

赵明宇善于写市井人物，写法类乎于笔记小说。作者不仅谙熟风物掌故、三教九流，而且把故事情节安排得天衣无缝。《元城赌王》写的是赌，讲的是情，为情开赌，为情戒赌，通篇颇有侠骨之风。安大山自幼赌场混营生，跟在赌王吴老爷身后端茶送水。吴老爷凭娴熟赌技坐镇赌场，讲究的是气定神凝，内心风起云涌却不露声色，往往处乱不惊转败为胜，其一招一式均被安大山瞧在眼里熟记于心。虽然身怀绝技且在赌场谋生，安大山却从来不涉赌，无论别人如何怂恿都置若罔闻。

看似颇有自控力的安大山，却因为儿女情长而开赌，一腔豪情誓要赎回千娇百媚的窑姐唐三娘，而赌似乎是其最为快捷的方式。岂料安大山逢赌必赢，即便吴老爷都败在其下，自此被奉为元城赌王。安大山赎回了唐三娘，却依然以赌为营生，唐三娘规劝不如置买田地过日子，而安大山却言已是欲罢不能。此话一出，颇有点让人落寞，当初安大山为情而赌，而今却不为情所动，更甚的是，当远道商人上门约赌，以一千匹马赌唐三娘，安大山竟然欣然应赌。

且不说安大山临阵赌胆气，心存邪念留后手，单说他同意用唐三娘做赌注，赌局未开，输局已定，输在情字。而当安大山技不如人时，却见唐三娘款款而至，"唐三娘把十八颗黄豆含到嘴里，香唇轻启，黄豆喷出，三三成行，乃是赌界传闻的豹中豹"。原来唐三娘才是深藏不露的赌王，作品于此意味滋生。试想唐三娘身怀绝技却委身红尘，不过是想觅得有情人，安大山立时幡然悔悟，毅然寒刀断指明誓。故事曲折委婉，人物栩栩如生，尤其将唐三娘柔中带刚、刚柔并济的性格表现得淋漓尽致，其婀娜风情及出神入化的绝技又令作品平添趣味。

《泥人胡四》中的手艺人胡四不仅捏泥人活灵活现，塑神像更是栩栩如生，其技艺已然炉火纯青。胡四在罗老爷家塑财神偶见罗家小姐罗天香，一见倾心，随即捏塑一对鸳鸯相送，一份情愫由此而生，也由此牵挂一生。因为贫富差距，胡四将爱慕之心藏匿心底，眼看罗天香出嫁只能暗自惆怅，即便罗天香成了寡妇也不敢高攀，生怕自己的卑微玷污了心目中高贵的罗天香。

作品将胡四复杂的思想感情描写得精准到位，泥人胡四一生未娶，暗恋罗天香，既不与他人结婚，又恐玷污了罗小姐而拒绝提亲。结尾处，胡四故去，人们破门而入，"卧室里站着几十个衣着华丽的女人。仔细看，却是泥塑，和真人一般大小，正是罗天香不同年龄段的塑像，竟然如此的逼真"。此景令人唏嘘，而胡四对罗天香的一生苦恋更为让人感动。一个执着的痴情郎犹如泥塑般站立在人们的视野中，其善良而朴实、拘谨又执着的形象，令人叹惜又心生敬意。

赵明宇的作品重情重义，《温少庭》写得朴实无华，其故事却有别于一般意义上的金兰结义、一诺千金式的朋友之情。一个普通农家子弟从血液到灵魂，浸透了传统文化力量，以一生的努力，自觉恪守着一种真诚的信念，读罢令人嗟吁动容。

温三与刘七一起参加民兵团为解放军抬担架，炮火硝烟中同生共死缔结兄弟情谊，温三不幸在战火中牺牲。元城解放后民兵团解散，刘七没有回自己的家，而是走进了温三的家，认温三娘为娘，改名温少庭，在其膝下尽孝，为其养老送终。作品时间跨度60年，将一位顾念兄弟情义的汉子刻画得极具血性。元城解放时，区长亲自给刘七戴红花，刘七说，"我不配。温三把命都搭上了，我和温三相比，太幸运了。"一句话立显人物性格和对荣誉的理解，质朴的思维方式中隐隐透着一股子正气。

作品中出现了两次下跪，一次是刘七跪在温三娘面前认娘，一次是刘家人劝温少庭回家，温少庭给刘家人跪下了。两次下跪都是孝义的表现，其执拗的坚持是对牺牲兄弟的承诺坚守，也是在履行自己为人的品性。试想一篇人物质朴、故事无华的作品，何以具有如此震撼人心的力量？正是因为人性最本质的善和美深入人心，以其独特的精神魅力和价值观念感染了读者。

赵明宇善于抓住细节刻画人物，惟妙惟肖且各具特点。《安若素》讲述了知青安若素上山下乡来到徐街村，他爱好绘画，闲暇时画山画水画人。漂亮姑娘徐小丹爱慕其才，一心想嫁给安若素，不想惹来村中小伙的妒忌，甚至村主任都想不通，担心安若素早晚回城会抛弃徐小丹。徐小丹甩着大辫子说，"俺愿意，俺愿意，俺就是愿意！"言行之间透着俏皮和任性，鲜活而灵动的人物跃然纸上。

作品对于安若素的刻画，更倾向于表现文人气节的一面。知青大返城，被大家认为一去不复返的安若素，不仅回来了，还不走了；被大家认为画不出子丑寅卯的安若素，画作居然上了省报还获了奖，甚至连县长都要来看望他。于是乡长安排宣传干事来教安若素如何向县长汇报，并且要感谢领导的培养。"安若素正作画，停下画笔，茫然的眼神从眼镜上方疑惑地瞟了牛干事一眼说，我画画咋就成了县长的培养呢？扯淡。要说感谢，我得感谢我老婆。"话由心生，细节真实，心思纯粹，自然流露出乡野文人清澈的君子风度。

县长来访，安若素依旧旁若无人画画，惹来陪同一干人等暗自着急，岂料县长一眼瞧出安若素临摹的乃是郑板桥的《瘦藤听雨》，还将自己涂鸦的一幅徐文长的《梅石图》请教安若素。安若素立时停笔，惊呼好画。"安若素拉着县长的手向他的画室里走，一边走一边喊徐小丹弄俩菜，他要和县长喝两盅。老徐蒙了，心说这叫啥事儿。"人物前后态度的反差及陡然急转，顿时化解了作品情节的僵硬，人物陡然间有了立体感，文人的率性跃然纸上。

洞悉生活本色，从世事万象中抓住问题的实质和根源。赵明宇的农村题材作品，敏锐地捕捉到了社会现实问题，试图呈现早期的淳朴民风，正在逐渐被一些恶俗和私欲侵蚀熏染，或直接或委婉的给予揭露和警示。

《索赔》中的李大嘴因为自家土地绝收而找化工厂论理，即便要上访告状，也不过是想多得到点补偿，纯粹就是个人利益受到损害而滋生的个人问题，而村长的极力阻拦同样也以私利为重，甚至在双方调停周旋之间获利。化工厂造成土地绝收是事实，污染水源以致村民患病是事实，作品中的农民也不是没看到污染的严重性，但是他们看到的更多的是化工厂所带来的利益，权衡之下，显然私欲和利益占了上风。在对那些淳朴的弱势群体给以关注、同情的同时，也不忘用手术刀剔除他们身上残留的劣根性。作品中反映的地方保护主义、地方财政收入以及人情关系等现象,能把个人问题上升到社会问题,表现出了一个写作者的情怀和社会责任感。

杨晓敏,河南省作协副主席,当代小小说事业倡导者,著名评论家。著有《当代小小说百家论》《小小说是平民艺术》等,主编有《中国当代小小说大系》《中国小小说金麻雀获奖作家作品集》《中国年度小小说》等百余种。

目 录

饿　刑	1
西　施	4
寻找一棵树	7
锄　奸	11
画　家	15
柜中缘	18
护身符	21
元城拳王	24
元城碑王	27
一块大洋	30
桑可翔画驴	33
二　姑	37
二　嫂	40

村妇桐花	44
堂　嫂	48
麻　姐	51
二妮娘	55
够　儿	58
女教师	62
盘婶子	65
结巴婶	68
老　曹	72
老　讲	75
老　陆	79
唐庚申	81
七品老颜	84
张冒烟	87
阮所长	90
秦不昧	92
查宝贵	95
文人老唐	98
谢老扭	101
笑　杀	104
目　光	107
青青园中葵	110
我和老师有约	113

把钥匙交给小蒙	116
凤子姑	119
林老师	123
小红花	126
傻二叔	129
画爸爸	132
咸菜开花	135
我叫李歪瓜	138
那年的鸡蛋	141
九爷看秋	144
手不朽	147
腿罢工	150
种树的女人	153
谁是凶手	156
在地图上旅游	159
送你一串红灯笼	162
好　汉	165
能　耐	168
民间刘邦	171
福　婆	174
借　钱	177
永远的牵挂	180
母亲爱听悄悄话	183

母亲的夏日	186
母亲的纸条	189
请母亲吃饭	192
母亲的神龛	195
父爱是一味良药	198
父亲的梦	201
父亲的年货	204
父亲给我送证书	207
父亲的秘密	209
父亲的微笑	212
我的读者	215
随感（创作谈）	218

送你一串红灯笼

饿　刑

元城有句俗话：三天不吃饭，啥事儿也敢干。说的是人被饿急了，什么事情也做得出来。

盘龙寨大当家的秦大头就是被饿得没辙，才上山当土匪的。

民国十二年，元城已是三年大旱，颗粒无收，多数人家断炊，呼儿唤女外出乞讨。秦大头家有瞎眼老娘，一个人讨饭俩人吃，肚里咕咕叫，像是装着一只蛤蟆。望着躺在炕上喊饿的老娘，秦大头一跺脚，干起了偷盗勾当。孰料去元城大户秦笑天家里偷粮食的时候，中了圈套，被秦笑天捉了，打得昏死过去，抛在卫河大堤上。恰巧李秀才路过，认得是秦大头，便把他背回家里，灌了半碗米汤，秦大头才捡回一条命。

李秀才是个穷教书先生，守着半屋子书，一肚子墨水，却没有余粮，倒是给秦大头讲起君子固穷的道理。秦大头哪里听得进去，作揖说，等俺以后有了出息，一定报答你的救命之恩。说罢，抱起剩下的半罐子米汤说，这个回家给我老娘喝。

秦大头回到家，背上老娘去了盘龙寨投靠土匪滚刀虎。秦母是个识文断字的妇道人家，骂儿子不争气做了土匪。秦大头眨巴着小眼睛泪水涟涟，娘啊，咱这不是为了糊弄口饭吃，被逼出来的吗？等俺有了钱就金盆洗手，过安稳日子。

母亲大概也是被饿怕了，看看他，摇头叹气。蝼蚁尚惜性命，何况我儿？

不久，滚刀虎在一次抢劫中被砍了脑袋，秦大头做了大当家的，重新招集几十个穷汉子做喽啰，昼伏夜出，打家劫舍。几个月后，秦大头的势力越来越大，方圆百里有了名气，提起他的名字，人人胆寒，为之色变。

秦大头打劫有钱人家，主要是要粮食。秦大头要粮食不像其他土匪那样推车挑担抢了粮食上山，而是先绑了人质，不打，也不骂，只是关起来不给饭吃，然后以逸待劳，坐等送粮上门。挨饿的滋味儿比老虎都厉害，生不如死，大多的地主老财饿上三天就招架不住了，让家人送粮食和金银细软来赎人。

这一招屡屡奏效，被称为饿刑。

喽啰犯了规矩，秦大头惩罚喽啰，也是用饿刑，喽啰很快就服服帖帖了。

元城一带的大户人家被他绑架了一遍，榨不出油水了，他就开始绑架小商小贩。秦大头的势力越来越大，受到官府多

送你一串红灯笼

次围剿。有一次，秦大头中了官府的圈套，弟兄死伤大半，他带着残兵败将仓皇逃回盘龙寨。秦大头分析总是中圈套的原因，就怪自己没脑子，蛮干，需要有个军师出谋划策。

就想到了李秀才。

夜里，秦大头亲自下山，把睡梦中的李秀才绑了，装进麻袋背到盘龙寨，酒宴款待。秦大头捧上一杯酒说，恩公，二当家的这把交椅给你留着呢，有吃有喝，何等快活啊。

李秀才吓得尿了裤子，却一副凛然气概说，我是读书人，岂能和你这蠡贼同流合污？说完哼一声，把脸扭向一边。

秦大头冲喽啰丢个眼神，李秀才被请进一个干净屋子里，大门上了锁。秦大头说，先饿他三天，不信他不入伙。

三天后，秦大头来看李秀才，李秀才成了面条儿，站起来的力气也没有了，曲卷在墙角，耷拉着眼皮说，你一刀砍了我吧。

秦大头愣了一下，跟喽啰说，每天好酒好菜招待李秀才。

又是三天过去了，秦大头再来看李秀才，李秀才已经死了。秦大头正想发怒，却看见一边的酒肉饭菜，不曾动一口。

秦大头蹙眉，让喽啰把李秀才拖到后山厚葬。

夜里，秦大头遣散喽啰，背上老娘闯关东去了。

社会万花筒之中国微小说系列丛书

西　施

　　吴王夫差喜欢我，是因为我有一双清澈的眼睛，顾盼迷离的眼神溪水一样流淌。踏进王宫的那一刹，我的眼睛眨巴一下，吴王夫差的心尖子就会咯噔一下。夫差是个情种，否则历史就会重写；夫差够爷们儿，敢爱敢恨。相比之下，文仲和越王勾践是多么的虚伪啊，为了达到自己的目的，无耻地把自己心爱的女人拱手送人，阴险地让一个女人去为他完成复国使命。

　　当初，我也恨吴王夫差。随着时光的延伸，耳鬓厮磨，日久生情，我真的爱上了这个大男孩一样的国君。且不说在王宫一呼百应、肥马轻裘的生活，吴王夫差是一个国家的大王，听从于我，为我洗脚，常常使我泪雨婆娑。

　　可我是间谍。间谍是不能动情的。我牢记着自己的使命！我的红酥手托举的是越王的江山和越国的子民。

　　我心里异常清醒，在这场战争中，我只不过是文仲和越

送你一串红灯笼

越王勾践的一包毒药，一剂迷魂汤，让吴王夫差饮下，慢慢中毒。就像蜘蛛，用毒液注进昆虫的躯体，使其麻醉，然后慢慢享用。

吴王夫差很男人，很爷们儿；越王勾践很无耻，很阴毒。

你们要么真刀真枪去打去杀，要么偃旗息鼓过太平日子。

我期望越王勾践的大军打过来，让我重新回到老家的溪边。我又不希望越王勾践过来，我不想看到爱我的吴王夫差因我而丧命。

越王勾践还是杀过来了。大兵压境，我的肠子悔青了。我知道，越王勾践的愿望实现了，我回到越国，越王勾践不会再喜欢我，文仲也不会再喜欢我，我毕竟已经跟了吴王夫差很多年，肚子里还怀着他的骨血。

自从我离开家的那一刻，就注定再也回不去了。

毕竟跟吴王夫差轰轰烈烈爱了一场。我把我的秘密告诉了吴王夫差。我说，大王，你杀了我吧，是我害了你，是我的眼睛害了你，害了你的国家。我是勾践的间谍，伍子胥的话没有错，你屈杀了一位忠臣。

我感觉吴王夫差会一剑杀了我，可是没有。吴王夫差捧着我的脸，大声说，可是我爱你，我爱你，你不是间谍，你是我的心肝宝贝。为了美人，我宁肯失去江山。

我说，你胸无大志，没有血性，你怎能为一个女人失去江山！

吴王夫差笑笑，泪流满面地说，打来打去，还不是生灵涂炭，百姓遭殃！人活一世，草木一秋，爱过了，就无憾了。至于江山，只要百姓不再遭受战火，谁做君王都一样。

他下令，放弃守卫。

越王勾践杀进宫来，我跟吴王夫差紧紧相拥，做着最后的缠绵。吴王夫差抚摸着我微微隆起的腹部，舔舐着我的睫毛说，美人，换上宫女的衣服逃命去吧，不要管我。越王勾践会杀了你灭口的。

我抱着他不放手，我说，我要跟你死在一起。

夫差松开手，推了我一把，喊道：把咱的孩子生下来。

几年后，一个芳草萋萋的日子，细雨蒙蒙，山岚缕缕，我牵着一个孩子给吴王夫差上坟。我看到三三两两的农人在田间插秧，伴着潺潺的小溪，伴着啾啾的鸟鸣，远处的桃花开得正艳。

寻找一棵树

我天天在元城的大街小巷奔走，眼睛不停地搜寻。遇到几个熟人，问我找什么呢？我低着头，没好气地说，我在寻找一棵树。

说起事情的原委，且听我细细道来。

今年春天，我盘算着多半年没回乡下老家看看了，想念哥哥，更想念哥哥院里的大槐树。哥哥今年60多岁，厮守着大槐树，在老家生活。大槐树像我的腰一样粗，据说是我爷爷的爷爷的爷爷栽下的，有100多年树龄了。

元城一带有个风俗，孩子生下来，要把孩子的胎衣埋到一棵树下，孩子就会像这棵树一样茁壮成长。我爷爷、我爹、我和哥哥的胎衣全埋在了大槐树下面呢，你说，我跟大槐树能没感情？在大槐树下吃饭玩耍，在大槐树下聊天睡觉，我们家几代人都是在大槐树下长大的。有时候靠着大槐树，有时候爬到大槐树身上玩耍，粗壮的枝干被我摩挲得光光的，滑滑的。我闭着眼睛都能想得出大槐树身上的每一个印记。

乘班车风尘仆仆赶回老家，推开那两扇熟悉的大门时，我愣住了。大槐树呢？仔细瞅瞅，房子没变，猪圈没变，院里的那口红薯窖没变。哥哥迎出来，一头白发、一脸沧桑也没变。我确认没有走错门，手里提着的小包裹滑落地上，给哥哥买的营养品像花朵一样绽开。哥哥弯腰捡起花花绿绿的营养品，拉着满脸惊讶的我向屋里走，给我端水喝。我一把甩开他，第一句话就是：哥，咱家的大槐树呢？

哥看看我，又把头低下，嗫嚅着吐出两个字：卖了。

我一听直跺脚。哥啊，你真是老糊涂了，缺钱花找我要啊，怎么能卖掉大槐树呢！咱爹死的时候没钱发殡都没舍得卖啊！

哥说，不就是一棵树嘛，值得发那么大脾气？你不在农村，不知道村里的情况。不是我缺钱花，而是村长出面，不卖也得卖啊。

我的火气更大了，村长咋了？村长也不能强迫咱卖树啊！

哥说，买树的是城里部门，上级领导要我们支持城里建设。我也不想卖，村长给咱家下了命令，不敢不听呢。在村里，有些事儿县长也没有村长管用。比如你小侄子没考上学，在外面打工也不是事儿，我算计着让他去参军，没有村长盖戳能行？还有你大侄子偷生二胎，没有村长默许，咱家就绝了后啊。再说我死后更离不开村长，没有村长遮掩着，就得被火化;有村长遮掩着,交2000块钱,就能落个囫囵尸首。

我理解哥哥的难处,可是我不甘心我的大槐树被卖掉,就来找村长。

村长正在跟别人喝酒,看见我,给我倒了一杯说,二叔,您老回家看看?我说你们把我家的大槐树卖到哪里去了?我想赎回来。村长嚅嚅牙花子说,这事儿不好办,你赎不回来了。

我说我加倍出钱,哪怕是他们把我的树做成了家具,我也要赎回来。

村长摇晃着脑袋,吐一口酒气说,实话告诉你吧,那棵大槐树真是有福气,不仅活得好好的,比以前还风光呢,跟你一样进城去了。

我的大槐树进城了?我转身就走,把村长的招呼抛在身后。我没顾上吃哥哥为我做好的饭就回城了。

我的大槐树,你在哪里?我的脚步踏遍了元城的每一个角落,我的目光摸遍了路边的每一株花草。三天后的傍晚,我落魄地走在新建成的元城宾馆门前,望着金碧辉煌的门面,不由得眼前一亮,我看到了我的大槐树。尽管被伐掉了半个树头,我还是能认出来。一搂粗的树身上有我童年摩挲的手印,有我用牙齿啃掉的树皮,变作了圆圆的疤痕。还有我骑过的枝干,光光的,滑滑的。

我去找宾馆的老板,被保安轰了出来,说去去去,神经病。

我抱着大槐树哭了,引来好多人围观。一个穿着不俗的贵妇用睥睨的目光扫了我一眼说，真是什么人都有！这是哪来的疯子。

围观的人渐渐散去，只剩下我自己的时候，我迷迷糊糊睡着了。

半夜里醒来，大槐树身上爬满了霓虹灯。我感觉脸上湿湿的，用手一摸，原来是大槐树的泪水滴在我脸上。

天亮时，两个保安把我架走了，还把我送到家里。保安跟我儿子说，实在不行就把你老爸送精神病医院。

儿子的脸色铁青，劈头盖脸跟我说，刚才领导找我谈话了，你再去宾馆闹事儿，我被提拔的事儿就泡汤了。你说我打拼这几年容易吗？闹不好工作也保不住。老爸啊，我求你了，给我们留点面子吧。

儿子扑通一下跪在我面前。

后来，我经常坐在宾馆对面的马路牙子上，远远地望着抽峥新芽的大槐树在风中摇晃着枝头。我知道那是大槐树跟我招手，我就泪流满面了。不时有行人把我当作乞丐，把一张张纸币扔到我脚下。我不去捡，任凭纸币被风吹得七零八散，蝴蝶一样飞舞。

锄　奸

凤敏蹲在门槛上纳鞋底，不时地重复着一个动作：把针在头发中间钢一下，然后用力扎进鞋底，再扬起胳膊，抽动绳子，把针脚勒紧。

凤敏一边纳鞋底，一边警觉地观望着远方，侧耳细听附近的风吹草动。其实，她是给元城县抗日大队站岗。她男人田大壮是大队长，今天在家里开会。隔着一层薄薄的门板，能听到田大壮的声音，让大家一起想办法，如何除掉汉奸臭火。

臭火曾经是田大壮的朋友，抗日大队的队员。前些天，臭火被元城的皇协军抓去，经不住拷打就叛变了，带着二狗子抓捕元城城里的抗日队员。为了避免更大的牺牲，田大壮专门召集这次锄奸会议。

凤敏隔着门缝看看屋里，一群汉子们都低着头。有个人把手里的旱烟甩掉，拍一下桌子说，俺进城去找那狗日的！

下手晚了咱也保不住了。田大壮拦住他说，臭火认识你，说不定已经在城门口摆好了布袋阵，等着你去钻呢。

一听这话，那个人的脑袋耷拉下来。

凤敏绾绾手里的纳底绳子，推门进去说，锄奸的事情包在俺身上。田大壮一见，挥挥手说，你这娘们儿，出去站岗去！

凤敏瞪了田大壮一眼说，俺能除掉臭火。

大家你看我，我看你，然后问她，嫂子，你有啥办法？

凤敏说，别管啥办法，三天内保证让臭火消失。

田大壮咂吧着嘴说，臭火认识你，你可得当心。

凤敏笑笑说，你把心放到肚里吧。

凤敏曾经跟着臭火假扮夫妻给冀南军区送信，路过杨桥村，臭火指着村子口的两间瓦房说，那就是他的家。他还说他弄了好吃的，总会留下来给老娘送去。臭火是墓生，是他爹死了以后出生的，所以他对老娘很孝顺。

天黑下来，凤敏收拾一下，在腰里藏了一把枪，化装成讨饭的，直奔杨桥村。

凤敏故意惨叫一声，倒在臭火家的门口。从家里出来一个老太婆，把凤敏扶起来，搀到屋里，倒一碗水让凤敏喝。凤敏喝了水，千恩万谢，说是从河南逃荒过来的，你如果不嫌弃，俺认你做干娘吧。老太婆长叹一声，拿出一个窝头，一盘咸菜，看着她狼吞虎咽地吃。

在老太婆家里住下来，凤敏帮着老太婆做饭、洗衣、收拾院子。三天了，臭火还没露面，凤敏有些等不及了，问老

送你一串红灯笼

太婆，干娘，家里没有别人了？

老太婆说，还有个儿子，在县里做事，估计今晚该回来了。

凤敏一听，心中暗喜。今晚要杀了臭火，还要杀了你这助纣为虐纵子行凶的老妖婆。

晚上，她躺在里屋的土炕上，闭着眼睛等待时机。街上传来几声狗叫，几声鸡鸣，却没了动静。老太婆起来了，拨亮油灯开始做饭。凤敏故意揉着眼睛问她，干娘，咋三更半夜做饭？

老太婆说，儿子要回来了，给他做面汤呢。

凤敏听了，黑暗中摸了摸腰间的手枪。

过一阵子，果然有敲门声，她的心一阵发紧。

老太婆开了门，就听臭火说，娘，快收拾一下，跟儿子进城享福去吧。

凤敏的手攥紧了枪，心里咯噔一下，这狗汉奸还有一片孝心，倒是让她有些同情。可是一想到被臭火出卖的抗日队员正在遭受酷刑，她又一次攥紧了枪。

臭火说，娘，咱家里屋有生人？老太婆说，是个讨饭的河南女人，别打扰她睡觉，俺把饭给你做好了，先吃饭。臭火说，娘，咱到了元城，吃香的、喝辣的，让你好好享福。老太婆微笑着说，儿啊，你也出息了，快点把面汤喝了，这可是俺连夜给你做的。

凤敏搂动扳机的手迟疑了一下。看在臭火孝心的份上，先让你这个狗汉奸多活一会儿，反正你死定了。

13

臭火说，娘，你赶快收拾一下，跟俺进城。接下来，是一阵喝面汤的声音。

凤敏正要透过门帘瞄准臭火，就听臭火一声惨叫，娘，你做的什么饭？莫不是要杀了儿子吧？

老太婆说，孩子啊，你不死，要有多少条命去死啊！我不失去儿子，要有多少老人失去儿子啊！老太婆说完，掀开门帘，对凤敏说，闺女，我替你锄奸了。

凤敏一愣，望着倒在地上的臭火，说，干娘，你认识俺？

老太婆说，我扶你的时候，就摸到你手里的枪了。

凤敏惊愕地望着老太婆，又叫了一声干娘。

画　家

　　翰墨斋的老板陈也墨是元城沙圪塔人，以画蟋蟀闻名乡里。据说陈也墨幼年，常常趴在田间，观察蟋蟀；晚上抱着被子去田间睡觉，听蟋蟀叫，如听天籁。

　　纸墨春秋，临摹不辍，陈也墨画蟋蟀成了元城一绝。有一次，他画好一只蟋蟀，拿到院里晾干，一转身，就被一只昂头乍羽的公鸡啄破了。

　　那时候，元城是冀鲁豫三省总督驻地，多有显贵，不乏巨贾，爱玩，也爱热闹。常常有一帮公子哥，在拴驴街的一片空地上玩斗鸡，玩斗蟋蟀。陈也墨带了一张画去，摆在地上，几只蟋蟀活灵活现，好像要从纸上跳出来。不知是谁抱了一只公鸡进来，想让公鸡吃掉陈也墨画的蟋蟀。

　　公鸡伸着脖子，颈部的羽毛竖了起来，张开翅膀扑向陈也墨的画儿。一下，两下……不停地啄起来。啄一下，画儿便抖动一下，更是激起了公鸡的兴致，不停地猛啄画上的蟋蟀。陈也墨用的是柔性极强的画纸，不易粉碎。那公鸡猛啄，直至筋疲力尽，趴地不起。

公子哥大骇。

这事儿在街头巷尾被传为奇谈。县令楚石维不信，与陈也墨打赌。楚石维带一只斗鸡，约了陈也墨，以三两黄金为赌注，看看陈也墨的蟋蟀能否斗得过他的斗鸡。

那一次，输赢难定。

据说，县令找的是瞎眼公鸡，喔喔叫着，对陈也墨的画儿不理不睬，慢悠悠地在地上走来走去，踩到了陈也墨的画儿，鸡爪子向后划了一下，把画儿踢到一边。

围观的人哄堂大笑。

陈也墨看到公鸡耷拉着脑袋，已料定是瞎眼公鸡，就站在人群外，嘴里学几声蟋蟀鸣叫，那公鸡侧着脑袋听，然后跑出人群去寻蟋蟀。

有人喊了一嗓子，说，公鸡被吓跑了。大家听了，又是哄堂大笑。楚石维脸上青一块、紫一块，哼着鼻子拂袖而去。

陈也墨被元城人越传越神，有人说陈也墨画美女，美女能从画上走下来，给陈也墨洗衣服，给陈也墨做饭。陈也墨名声大振，来求画者，络绎不绝。可是陈也墨只是微微一笑，不肯轻易绘画赠人。

回龙寨有打家劫舍的土匪，大当家的叫黑老三，好色，把陈也墨劫持上山，让陈也墨为他画美女，看看美女能否走下来，陪着他玩乐。

送你一串红灯笼

陈也墨恨透了土匪,可是小命被土匪攥在手里,能有什么办法?只好挥毫作画。先画一扇半掩的门,门里面再画一张床角,床角放着一件粉红色的女人内衣,露出个娇柔白皙的三寸金莲。黑老三看得嘻嘻笑,说,快把美女全画出来。

陈也墨把画儿贴在墙上说,美女就在床上等你。

微风吹来,那三寸金莲抖了一下,又抖了一下。

黑老三意马心猿,心里咯噔一下,又咯噔一下,忍不住向里面闯,头上碰了包。

黑老三恼羞成怒,捂着脑袋说,你,竟敢耍我!

后来,没人搭救的陈也墨,竟死在黑老三的水牢里。

元城人说,害死陈也墨的,是他手里的那杆画笔。

社会万花筒之中国微小说系列丛书

柜中缘

1943年中秋节晚上,元城县沙圪塔村西的枪声此起彼伏。马财主忙碌了一夜,和家人一起给八路军烙油饼、熬米汤,送到前线。天亮时,枪声稀了,却传来一阵敲门声。

战士们回来了?马财主扒着门缝一看,原来是小鬼子。马财主的心提到了嗓子眼,一边说来了、来了,一边挥手示意女儿马金枝躲到书房的柜子里。

兵荒马乱的,马财主专门做了一个有夹层的柜子,以防不测。女儿马金枝秀美端庄,上次被二鬼子看上,藏进柜子夹层才躲过一劫。这一次,马金枝轻车熟路地推开柜子,又打开夹层钻进去,却吓了一跳,里面已经有了一个人。马金枝想喊,被那人一把捂住嘴。

小鬼子走了,马财主说,金枝啊,出来吧。马金枝把那个人也拉了出来,竟是一个男人,羞得满面通红。马财主一看,这男人是区小队的队长唐抗日。唐抗日受了伤,一只手

送你一串红灯笼

捂着胸口。马财主说，金枝，快去取药，还愣着干啥？

唐抗日在马财主家里养伤一个月，马金枝尽心伺候着，伤口痊愈。马财主说，唐队长，你和小女在一起待了半个时辰，她又伺候你一个月，你不能就这样走吧？唐队长脸一红，说，等革命胜利了，我一定娶她。马财主说，那不行，你先把婚结了再走。

就这样，唐队长和马金枝成了夫妻。

后来，马金枝生了个儿子，叫唐土改。

1967年，唐土改在元城中学做教务处主任，白天被红卫兵揪斗，晚上被关进黑屋子里。这天夜里，唐土改从学校逃出来，还带着一个年轻的女教师。马金枝一看，战战兢兢地闩上门，给儿子做饭。唐土改和女教师一阵狼吞虎咽。唐抗日在一旁说，慢点吃，锅里还有，别噎着。

说话间，外面一阵吵闹，唐土改大惊失色地说，红卫兵找家里来了。

唐抗日说，孩子，别怕，跟我来！说话间，把唐土改和女教师带进书房，推开书柜夹层，说，藏进去，不要出声。唐土改一愣，唐抗日说，这是你姥爷当年设计的，躲避小日本的，没想到今天还能派上用场。

把臭老九唐土改揪出来！红卫兵一声厉喝，屋门被踢开，把家里翻了个狼藉不堪，扬长而去。

一连多日，唐土改和女教师一直待在书房，有风吹草动就藏进书柜夹层。几个月过去，女教师怀孕了。

一年后，武斗逐渐平息，唐土改和女教师重新回到学校

19

教书。唐抗日抱着孙子，笑得合不拢嘴，还给孙子取了个名字叫唐卫东。

"文革"结束了，唐卫东上学了。唐抗日的书柜因为保护了两代人，被当作革命文物，要放进元城县博物馆。唐抗日不答应，说，等我死了以后再说吧，这个柜子跟我有了感情呢。

唐抗日尽心培养孙子。唐卫东大学毕业后，分配到县委办公室，凭着红色家庭作为招牌，很快就被提拔为工程局局长。

在家颐养天年的唐抗日，一边给花浇水，一边听京剧。一天门被推开，唐卫东急匆匆跑进来，手里提着一个精致的箱子，神色慌张，大口喘气。唐抗日说，你咋来了？没听见车响啊。唐卫东擦拭着额头的汗水说，爷爷，我在你这里躲一躲吧，他们在抓我呢。唐抗日一听，抖落了手里的水壶，说，孙子啊，快，快进屋。

唐抗日把孙子带进书房，打开柜子说，藏这里。可是唐卫东身体发胖，钻不进夹层，唐抗日使劲儿推一下才把唐卫东推进去。唐抗日说，孙子，你委屈一下啊。唐卫东说，爷爷，没事儿了就放我出去。唐抗日说，你放心吧，爷爷会保护你的。

唐抗日关上柜子的门，找来一把锁，把柜子锁上了。唐抗日戴上眼镜，翻开电话号码本，找到县纪委的电话，拨通了，说，我是唐抗日啊，想送给你们一个柜子，赶快派人过来拉走吧。

送你一串红灯笼

护身符

　　玉米吐红缨的时候，元城县抗日大队来沙圪塔村宣传抗日，徐大炮第一个报名。打小日本，他憋足了劲儿。当时，参军就能得到一块银元，可是发到徐大炮的时候，没了。队长跟徐大炮说，欠你的，以后我会补发给你的。

　　眼瞅着到了八月十五，部队在沙圪塔村村西狙击小日本，从天亮打到午后，又一群小日本上来了。队长打红了眼，端起冲锋枪跳出战壕，旋即就倒下了。徐大炮猫着腰把队长拖回来，队长捂着胸口，奄奄一息地从上衣口袋里掏出一块银元，笑了一下，说，我说话算话。

　　队长牺牲了，他嚎啕大哭，把那块银元装进口袋里。

　　后来，县大队成了正规军。想起队长的遗物，徐大炮就把这块银元交给马连长。马连长说，还是你留在身边吧，说不定能救你一命呢。马连长给他讲了一个故事，说有个战士上衣口袋里面装着一块银元，有一次被子弹打中。如果不是那块银元，子弹就打进心脏了。后来大家就把银元当作护身符，装在上衣口袋里。

可是，子弹不长眼睛，有一次钻进了徐大炮的肩膀，还有一次钻进了徐大炮的大腿。在后方养伤的日子里，徐大炮把玩着这块银元，耳畔响起枪炮声、厮杀声，不由得热血沸腾，又返回了战场。

转业后，徐大炮到地方工作，在一个局里担任副职。虽然是副职，却有审批工程的权力。他常常把银元藏在贴身口袋里，伸手摸一摸。看着别人升官了，分房子了，徐大炮的倔脾气就上来了，心里窝火，就想找县长闹事。可是一摸到那块银元，就想起战火纷飞的一幕幕，想起队长，想起一个个倒下的战友。自己这点委屈算个啥？过了几天，找县长闹事的人被处分，徐大炮暗暗庆幸，是银元救了自己。

"文革"中，武斗开始了。白天，徐大炮被挂上牌子，戴上纸糊的帽子上街游行，晚上被关在学校的黑屋子里。他感到委屈，想悬梁自尽，一只手向房梁上系绳子的时候，下意识地碰到了口袋里的银元，仿佛又看到队长的眼睛，仿佛又听到战场上的厮杀声。他把绳子甩在一边说，老子在战场上没被小日本打死，岂能死在这个黑屋子里！

后来，他听说好几个战友自尽了。他唉声叹气，说是银元救了他。

退休的时候，他来到儿子的办公室。儿子很争气，也是局长了。他把磨得光滑的银元装进儿子的口袋里，坐下来给儿子讲银元的故事。他说，想起队长，想起牺牲的战友，活

送你一串红灯笼

着真是侥幸啊！还有什么想不开的呢？听说现在有的人贪污受贿，对得起战场上死去的战士吗？

有一次，徐大炮听说县里有几个官员因为受贿被纪委谈话，心里咯噔一下，给儿子打电话。儿子说，你放心，咱有护身符，可灵验了。

一晃多年过去了，儿子也退休了。徐大炮苍老的手指枯柴一般，拍了儿子一下说，你能平稳着陆，没给老爸丢脸。咱家里虽说没有高档家具，没有存款，可是我有满抽屉的军功章，你有满抽屉的荣誉证书，咱不比别人穷。

儿子说，我这几十年，多亏了您的护身符罩着。

徐大炮笑了笑，说，你啊，把护身符给我的孙子吧。说着话，徐大炮推开窗户。外面花开得正艳，花香飘进来，他的眼前浮现出战场上的一幕幕，厮杀声、枪炮声在耳畔响起。

元城拳王

在元城，敢在大门口挂"元城拳王"这块牌子的，只有陈子轩。

陈子轩，元城沙圪塔人，住在城内文庙街。坐北朝南黑漆大门，门上一块金字匾，上书"元城拳王"。门前一对张牙舞爪的石狮子，还有个小广场，是陈子轩带领徒弟们习武的地方。广场中间竖一旗杆，镶红边的杏黄旗猎猎飘舞。

陈子轩的霹雳拳是家传，动作快，疾如闪电，几个招式即可击败对方。到了陈子轩这一代，凭着自身的聪颖和悟性，加上练功刻苦，拳术愈加炉火纯青。

所谓拳王，与人相搏赤手空拳，不用器械。否则就是枪王、刀王，而非拳王了。

曾有一江湖游士手持两把砍刀，与陈子轩较量。你来我往，刀光闪烁，那游士找个纰漏，恶狠狠地剁下去，却砍在大青石上，火星四射，继而又是双刀飞舞，打在一起。再看陈子

送你一串红灯笼

轩，左转右跳，上下腾挪，只有躲闪之功，哪有还手之力？

江湖游士咬牙切齿，两把刀虎虎生风，令人眼花缭乱。围观者屏息静气，一颗心提到了嗓子眼。

少顷，双手持刀的江湖游士惨叫一声，两把刀呛啷啷落地。再看，江湖游士泥塑一样，四肢动弹不得。众人还没回过味来，只见陈子轩在江湖游士后背上拍了一下，江湖游士才恢复前状，惊讶万分地跪在陈子轩面前，面色赤红。

大家后来才知道，陈子轩练的是"脱臼功"。乘对手不备，可使对手关节脱臼。

俗话说，人外有人，天外有天。民国八年，陈子轩早晨出门，却见大门口的石狮子少了一个，顿生疑窦。再看，千斤重的石狮子被挂在了门前旗杆的顶梢！

陈子轩大惊失色，心说，遇上踢场子的高人了！放眼望去，一个衣衫褴褛的乞丐蹲在小广场中间，解开棉衣捉虱子，不时地用目光扫视一下陈子轩。

陈子轩径直来到乞丐面前，躬身施礼。那乞丐故作淡定，慢慢站起来，呵呵笑着，目如鹰隼，阴鸷地说，我想学学陈大师的脱臼功，可否赐教？

未等陈子轩回答，乞丐从口袋里面取出来一块黑布，把自己的眼睛蒙上，挥拳便打。

呀！这乞丐，不仅力大无比，而且能听风辨人！纵然是蒙上了眼睛，亦能分辨出对方的一招一式。陈子轩倒吸一口凉气，却并不急于还手，纵身退到乞丐十几米开外，双臂一较力，蹿来跳去的乞丐竟然衣服脱落，只剩腰间一件遮羞的裤头。

25

蒙眼睛的黑布也不见了。

乞丐臊得满面通红,知道陈子轩已经给自己留面子了。环顾四周,不见陈子轩身影,便灰溜溜地走了。

不久,元城闹起了红枪会,一连几天把县城围得鸟飞不进、水泄不通。元城和大名是一个县城,同城办公,所以就有人给镇守大名和元城的地方官谢玉田举荐了陈子轩,让他率弟子出城大战红枪会。

陈子轩看不惯这些军阀,可是也想到了红枪会的弟兄们都是附近村里的农民,多数还是自己的徒弟,仅凭着红缨枪焉能斗得过官府的枪炮?陈子轩便答应下来。谢玉田很高兴,为陈子轩设宴,酒杯高举,款款说道,陈师傅,需要多少弟兄,多少枪支,随你调遣。

陈子轩手捋胡须,呵呵一笑,我一个人足以。说罢,径直上了城楼。

望着城下黑压压的人群,陈子轩欲开口,却有几个头目喊道,陈师傅,您在这儿一站,我们退了。但是,你也给谢玉田捎个话,官府今年必须给我们减租减息,否则我们还会回来。

红枪会兵退十里,元城解围。谢玉田大喜,给陈子轩摆宴致谢。谢玉田端起一杯酒说,陈师傅不战而屈人之兵,高!

陈子轩一饮而尽,旋即感到天旋地转,倒在地上。

谢玉田冷笑道,城头退兵才暴露了你私通红枪会的身份。

陈子轩死讯传来,红枪会愤恨不已,加大了攻城力度。不久,城破,谢玉田逃往河南。

元城再无拳王。

送你一串红灯笼

元城碑王

　　元城原是州府治所，店铺林立，多有达官贵人和豪商巨贾。这些有钱人为自己树碑立传，梦想着千古流芳，也就有了靠石刻为生计的匠人，他们专门为有钱人服务，在碑石上镌刻碑文。

　　石刻行当里，手艺绝伦，名气最大的，要数城南余家。余家是石刻世家，据说名扬天下的五礼记碑就是出自余家先祖之手。

　　余家石刻技术经过几代人的不断完善和创新，字体疏朗清晰，线条洒脱流畅，已是炉火纯青。元城人做生意发达了，或者读书取得功名，回家修祖坟、树碑铭，都以找余家为荣。

　　然而，让余家名声大振的，是镌刻历代元城官员政绩品行的碑林。

　　如今，城东碑林依然矗立着几十通石碑，记载着历代官

27

员的功德。这些石碑全是历朝历代的元城百姓捐资，在太行山买来上等石料，运到元城，余家根据百姓对离任官员的评判，义务镌刻。子子孙孙，延续千年。

余家祖上原是当地富豪人家，而且精通文墨，在卫河沿上开了一爿店铺，经营文房四宝。孰料遭人诬告，摊上官司，王县令收人贿赂，余家含冤入狱。余家人四处打点，散尽家财，直到李县令上任才为余家昭雪。余家感恩戴德，亲自手握錾子，在一通石碑上凿刻碑文，上书李县令政绩和王县令受贿的事儿。当地百姓盛赞余家的这一举措。后来，余家子孙以凿石刻字为业，不仅招揽生意，还把民间评述历任官员政绩的刻碑义务延续了下来。

余家声誉日隆，被誉为元城碑王。

官员来元城任职，必到城东碑林看看。眼前褒贬，警示如雷，几百年官场清廉似水。

清末，有个叫吴大维的人来元城任县令。吴大维坏事儿干绝，临走又怕元城碑王把他的作为刻在石碑上，假借碑王私通捻军，砍了碑王的双手。孰料碑王以残臂持錾子，妻子掌锤，两年时间刻了石碑，尽数吴大维劣迹。吴大维听说后，买通杀手砍杀碑王，砸碎石碑。

十年后，又有碑王后人站出来，复刻碑文。碑王的名声越叫越响了。

如今，末代碑王余德仁已经年过古稀，发如霜染了。

新来的县长姓贾，很是欣赏城东的几十通碑刻，常到碑林和余德仁谈心。老余，你这些全是宝贝啊。贾县长还把碑

送你一串红灯笼

林保护起来，挂了一块元城碑林博物馆的牌子，后来又挂了一块廉政教育基地的牌子。贾县长组织当地电视台、报社的记者采访元城碑王余德仁，带着一拨又一拨的干部来参观。

县里在城东碑林附近建设化工园区，几个村子被拆得七零八落，遍地狼藉。不断有人越级上访，却被县里拦截回来。余德仁找到贾县长说，我要把这事儿刻在石碑上。贾县长说不急不急，笑眯眯地拉着余德仁坐下来，大谈工业兴县，还答应对被拆迁的老百姓做出高额补偿。

不久，得到高额赔偿的老百姓喜笑颜开。贾县长在一片赞誉声中到市里做常务副市长去了。

白发苍苍的余德仁不顾年高体衰，手握钢钎，执意要刻一块碑，颂扬贾市长功绩。石碑刻好那一天，有人拿着一张当天的报纸跑过来让余德仁看，原来是贾市长锒铛入狱的消息。贾市长在元城做县长期间，建设化工园区，收受贿赂，被称为贾百万。

余德仁气血上涌，挥起锤子把刚刚刻好的石碑砸得石屑纷飞。

社会万花筒之中国微小说系列丛书

一块大洋

　　小日本来了！不知谁喊一嗓子，声音划过夜空。二柱一阵惊悚，从土炕上弹起来，搀扶着父母向村外跑。

　　街上黑压压的，全是急于逃命的人，不时传来孩子哭、牲口叫。父亲咳嗽着，跑了几步停下来说，不行，我得回去把咱家的三只羊牵上，不能让小日本给糟蹋了。母亲说，快跑吧，这年月顾命要紧。大姑娘、小媳妇都被小日本糟蹋了，三只羊，就留给小日本糟蹋去吧。父亲不听，趔身向回走，却传来一声脆响的枪声。父亲一声惨叫，被击中了大腿。二柱急忙背起父亲一阵飞奔，终于跟上了出逃的乡亲。

　　天亮时，小日本撤了，村子却变成一片火海。房子没了，乡亲们相互帮衬着，搭个窝棚栖身。天热，父亲腿上的枪口溃疡了，疼得像杀猪一样嚎叫。二柱娘找来村里的大夫马小辫，用了偏方也不见好。马小辫的脑袋摇晃着说，你还是去元城城里买云南白药吧。

30

送你一串红灯笼

说得轻巧，钱呢？本来说好的，卖了家里的三只羊做聘礼，娶四妞做媳妇，可如今三只羊没有了，房子也没有了，一片祥云被小日本这阵风吹散了。二柱心如刀绞，恨不得把小日本千刀万剐。

听说国军在沙圪塔扩军，参军就能得到一块大洋，二柱喜出望外。他起了个大早，去沙圪塔报名。

晚上回来的时候，他一把推开门，把一块大洋放到娘的手上说，娘，娘，我爹有救了。

娘哇一声哭了。他一愣，才发现爹不喊了，也不叫了，直挺挺地躺在窝棚里。

他草草埋了爹，在坟前磕了个头，转身欲走，被母亲一把扯住了。母亲说，你哥当兵被日本人打死了，你爹也死了，咱家可不能断了后啊！他说，娘，我要去杀小日本，给我哥、我爹报仇！说完，把娘的呜咽甩在身后，消失在夜色中。

战场上，他的对手却不是日本人。小日本投降了。那场战斗，短兵相接，他看到自己的对手竟然是一起光屁股长大的四光头，还有表哥格原。怎么能把枪口对着自己人啊，他愣了一下，却被自己的连长踹了几脚。

接下来，一路撤退，来到一座孤岛上。

涛声如咽，他坐在海边的礁石上，望着家乡的方向流泪。他想母亲，想四妞。几十年下来，眼泪哭干了。

头发白了，胡须也白了，终于踏上了归乡的飞机。

家乡变了。走上村街，他呜呜大哭，只有四妞认出了他，把他接到家里吃饭。四妞的孙子也长成小伙子了，笑嘻嘻地打听他在孤岛上的事儿。

四妞说，你走后，杳无音信，都说你死在战场上了。你娘在你爹的坟旁边，给你立了坟，说是怕你孤单。再后来，你娘也死了，和你爹葬在一起。

他去给父母上坟，远远看见两个坟包紧紧挤在一起，一个是父母的，一个是他的。

在元城，没死去的人立坟是不吉利的，四妞劝他把自己的坟扒掉。他挖开了自己的坟墓，棺材已经腐朽了，变成了黑土。黑土中间，却有一块红色的丝绸保存完好。他很疑惑，取出来打开了，竟是一块大洋。

那块大洋灰灰暗暗，沟壑间长满绿苔。

桑可翔画驴

桑可翔是元城弯弯巷人,自小喜欢画画。弯弯巷临着北关大马路,他父亲桑善飞在巷子口摆了个修车摊。桑可翔有一次放学回来,看见父亲正在修补自行车胎,就掏出画笔,把父亲修车的神态画得惟妙惟肖。父亲看了,一阵惊喜说,我的名字叫善飞,却一辈子也没有飞起来。这一回,咱家要扬眉吐气了。啧啧,你看这画,多逼真,还把我身边的打气筒也画上了。

有父亲的夸奖,桑可翔坚定了当画家的信心。虽说没能考上大学,却参加了几次画展,作品《卫河人家》在省里获了大奖,成了小城名人,来讨画的人踏破了家门。如今流行雅贿,有的给领导送礼,就送桑可翔的画。县长曾专门来拜访他,要他出任县里的画家协会主席。这样一来,桑可翔粉丝如云,润笔费被抬上去了,每平方尺卖到了2000元。

桑可翔的作品和照片上了新修的《元城县志》。大家都说桑家父子长得像是一个模子里脱出来的,却一个修自行车,一个成了画家。

桑可翔在元城新开发的世纪花园买了商品房。搬新家的时候,父亲不走,说修了一辈子自行车,放不下老行当,也离不开老家。桑可翔摇摇头,不再劝父亲。

父亲住在老宅子里,桑可翔看着寒酸,就拿出一笔钱翻修大门。大门修好了,门楣的牌匾上写啥?看看邻居们,有的写着"家和万事兴",有的写着"室雅人和",都是一些吉祥词语。桑可翔挥笔写下"桑可翔故居"五个大字,让人刻制成牌匾,挂在老家大门上。

桑善飞吓一跳,说,咋挂这牌子?整得你跟名人似的。

桑可翔微笑说,元城还要打着"桑可翔故里"的牌子招商引资呢。咱家成了名人故居,谁想进来参观还得买票呢。到那时,邻居家里可以改成旅店,专门招待游客。

桑善飞说,老天爷,如果那样,咱家里的祖坟真的是冒青烟了。

桑可翔的话也不是没道理。在元城,他是名人,谁都认识他。前几天去菜市场买菜,卖菜的小贩说啥也不要钱,还说像你名气这么大的名画家,吃我的菜是抬举我啊。

晚上在街头买烟,卖烟的老头脸上带笑,试探着问他:您就是桑画家吧?这盒烟送你了。他执意要给钱,老头说啥也不收,还把他送出很远。

做名人的感觉就是不一样,处处绿灯。有一次去银行取钱,排队,一个小伙子把自己的号让给桑可翔,说桑老师,

送你一串红灯笼

您先来。

搬到新家,桑可翔琢磨着突破自己,在艺术上再上一个台阶。徐悲鸿画马,开创了一代新风,自己也该给自己一个定位。思来想去,他决定画驴,画憨态可掬的毛驴。将来在历史上说起画马,让人想起徐悲鸿,画虾让人想起齐白石,画驴就让人想到桑可翔。可是县城是没有驴的,只有到偏远的乡下去找。

第二天,桑可翔带上画笔,向一个找他要画的老板打电话,老板派了一辆帕萨特,带他去乡下画驴。

在巷子口看到父亲,他让司机停下,摇下车窗跟父亲说,爹啊,我是名人了,你就歇着吧,饿不着你。

桑善飞说,我闲着也是闲着,修了一辈子自行车,停下来浑身不舒服。如今修车的少了,我不图挣钱,就为了给别人方便。

你!桑可翔也生气了,砰一下关了车门,绝尘而去。

那天是个阴天。到了一个偏远村庄,下车打听,都说如今机械化,不再养驴了。路边一个大嫂插话说,你去沙圪塔吧,沙圪塔有个叫二咯料的人,家里养着驴呢。

于是,继续向前走。下了公路,上了土路,走不远就下起雨来。沙圪塔却没有沙土,全是红胶泥,易打滑。司机说,桑画家,别去了,这路没法走了。桑可翔望望天空说,那好吧,向回走。

车转弯,车轮打滑,掉进路边的棉田里。司机试了几次,开不出来,就让桑可翔下去推车。推了半天,轿车像一

35

社会万花筒之中国微小说系列丛书

头尥蹶子的小毛驴,干着急,车轮就是出不来。

这时候,路上走来一个老汉。桑可翔就像看到了救星,打招呼说,大爷,来帮助推推车。老汉说,帮你推车?你的车轧了我的棉花,我还没让你赔钱呢。桑可翔说,赔钱可以,你先帮我把车推出来啊。老汉打量桑可翔一眼,忽然笑了,换一副面孔,微笑着弯下腰,帮着桑可翔推车。

终于把轿车推出来了。桑可翔从口袋里掏钱,老汉却摇头摆手说不要钱。桑可翔就问,你是不是在电视上或者县志上看到过我?你也喜欢我的画?

老汉说,什么画?我看着你面熟,是看你像元城弯弯巷街口修自行车的桑师傅。桑可翔一听,也笑了,说,你认识我爹?老汉杵了一下大拇指说,桑师傅好人啊,修车摊前放一个打气筒,路过的行人可以免费给自行车打气。我看你长得像桑师傅,我才给你推车呢。

二　姑

我上小学四年级那年,有一次逃学,就到二姑家去。二姑家离我们家三里路,过一条小河就到了。

二姑正在院子里洗衣服。我喊一声二姑,二姑很惊喜,站起身,抻一下皱巴巴的、带着补丁的粗布小夹袄说,小粒粒,你这么小就会串亲戚了?走,回屋里拿红枣吃。

我一扭头,发现院子里的大槐树下有个拄拐杖的老太婆,恶狠狠地看着我,白了我一眼。吓得我紧走几步,跟上二姑。

该做午饭了,二姑一只手里端着空碗,一只手拉着我去邻居家。二姑跟邻居说,家里来亲戚了,借一碗白面烙饼吃,大小是个客呢。二姑又拉着我的手到另一个邻居家说,借我半瓶棉籽油,过了秋还你。

二姑端着一碗白面,提着半瓶油,回到家就挽着衣袖子说,今儿中午,姑给你烙大饼。

二姑一边和面,一边问我家里的情况,还问我这次考试考了多少分。说着话,面和好了,放在砧板上,擀成饼,涂上一层油,再卷上,然后揪成一块块,揉一下,再擀成饼。二姑气喘吁吁,额头上一层细密的汗水。接下来,二姑抱来柴火,点火,烙饼,屋子里油香袅袅,我禁不住吸吸鼻子。二姑把饼在锅里来回翻动,就熟了,拿出来让我吃。我惊讶二姑烙饼那么好吃,一口气吃饱了。

回到家,我爹抡起大巴掌要揍我,说,以后不许你到二姑家去!我娘挡住我爹,说,孩子知道啥?他二姑再穷,还能管不起孩子一顿饭?我爹黑着脸出去了,我在油灯下跟娘讲在二姑家吃烙饼的事儿。我娘说,你二姑啊,就是穷大方。

我不知道啥是穷大方,我只知道烙饼很好吃,勾走了我的魂。到了周末,我又悄悄去二姑家,让二姑给我烙饼。二姑说好啊,给你烙饼。我出去抱柴火的时候,院子里的老太婆拦住我,把拐杖向地上猛杵一下,恶狠狠地说,以后不许你来我家!我吓得一哆嗦,跑出二姑家。二姑在后面喊,小粒粒,小粒粒。我跑得更快了,把二姑的喊声抛在身后。

下午,二姑给我送烙饼来了。二姑一进我家就跟我娘说,俺婆婆心眼小,别在意。

二姑跟我娘唠叨一阵子,走了。娘跟我说,以后不要再去你二姑家了。

娘还说,长大了,好好孝敬你二姑。

一晃多年过去了,我长大了,在城里上班。结婚前买房子,手头上缺几万块钱,愁得山穷水尽的时候,二姑来了。二姑的头发花白,却胖了些。二姑喜滋滋地从包裹里面掏出一沓

送你一串红灯笼

子钱说，俺侄子买房，二姑该添钱，别嫌少，放屁添风呢。

这钱对我来说，真是雪中送炭啊。我心里一热，激动地说，二姑，你也不容易，咋能让你帮我呢？二姑笑了，说，你二姑没儿没女，俺侄子就是我的亲人，咋能不帮一把？听你爹说你买房子缺钱，我把羊卖了，19只羊，卖了一万块钱。

想起二姑起早搭黑，风里来雨里去，天天赶着羊群，我的眼泪差点下来了。我说，二姑，中午我在元城最好的饭店请你吃饭。

二姑站起来说，不吃饭了，我得快点走，晚了就赶不上班车了。说完，风风火火走了。

我心里一直惦记着二姑。房子装修好了，我也结婚了，就想着把二姑接到城里住几天。今年春天，我爹打来电话说，你二姑在公路边上放羊，突然栽倒，被人送到县医院了，你快去县医院看看吧。我慌忙来到县医院，二姑静静地躺在病床上。我俯下身子问，二姑，你想吃点啥？二姑笑笑，摇摇头。这时候，忽然涌进来好多人，有的手里提着鸡蛋，有的手里拿着水果，全是来看望二姑的。二姑说，这些人都是他们村子里的。

床头放了一大堆花花绿绿的东西。临走，有几个小伙子要留下来伺候二姑。二姑说，你们都回去吧，田里忙呢。不要惦记我，这里有俺娘家侄子呢。

大家散去，邻床的病友问二姑，你儿子是乡长还是村长？

二姑愣一下，笑了。

社会万花筒之中国微小说系列丛书

二　嫂

　　在元城，男人另有新欢，与女人离异，女人被称作"活人弃"，被人瞧不起。唯有柳条巷的秦香莲例外，不但没人瞧不起，反倒让人翘大拇指。

　　秦香莲不姓秦，也不叫秦香莲，她是我二嫂，叫巧娥。大家管她叫秦香莲，并没有歧视她的意思，而是怜悯她的命运不济，遇上了我二哥这个没良心的陈世美。我二哥在部队，凭着自己的小白脸和能说会道的八哥嘴，找了个师长的女儿做老婆。

　　二嫂和二哥是1977年经人介绍认识的。那时候我家穷，娘带着我们弟兄六个住着三间土坯房子。二嫂看上了一身戎装的我二哥，可是二嫂的父母不同意。二嫂跟她的父母较了半年劲，才嫁到我们家的破屋子里。二哥从部队上回来结婚，我们跟娘挤在一起住，把三间屋腾出一间给他们做新房。鞭炮在我们家门前噼噼啪啪炸响，一派喜庆，大家都说我二哥有福气。

二哥在家住七天就要回部队了。二哥临走,屋子里的灯亮了一夜。巧娥,委屈你了。

二嫂看二哥一眼,笑着说,不怕穷,就怕没志气,咱们不会穷一辈子的。

过了年,二嫂带着我们弟兄几个拉土,脱坯,盖起了低低矮矮的几间小房子。

二嫂白天下田,晚上纺织,还操持着给我三哥找媳妇。未过门的三嫂嫌弃我家穷,要一件大红缎子对襟袄,否则就退婚。我娘叹口气说,算了算了,活该老三打光棍。二嫂说,娘,不能因为一件缎子袄黄了这门亲事。二嫂扭着鼓鼓的大肚子,回娘家借钱,到元城东街供销社买回一件大红缎子袄。

二嫂生了个男娃,取名杨谦。二嫂拉着杨谦,张罗着给我大哥找媳妇。我大哥脸一红说,我年龄大了,还是给老四张罗吧。我娘有病,一阵咳嗽,也说老大过了找媳妇的年龄。二嫂笑笑,托人找了一个小寡妇。小寡妇嫌弃我家弟兄多,负担重,二嫂就把自己的房子让给大哥,拉着杨谦和我们一起住,让大哥另立门户。

二哥回家,带着一个白白净净的女人,吓得杨谦躲在门后。我娘浑身发抖,举起拐杖,向我二哥抡过来,说你这个没良心的东西!你个忘恩负义的陈世美!你的良心让狗吃了。我二哥拉着女人跑出村,再也没回来。那一天刚刚下过一场雨,二嫂没有拉着儿子去找包青天,也没有哭天嚎地,

41

而是默默地去田里种红薯。她说这么好的墒情，红薯苗儿栽下去就能活呢。

二哥每个月给娘寄钱。娘把钱给二嫂，二嫂不要。娘说，不要白不要，留着给孩子。二嫂说，我有一双手，饿不着孩子。

娘要去部队找二哥的首长，二嫂说，娘，算了吧，他有他的难处，再说这事儿也不是强扭的。二嫂瞒着娘，给二哥寄了一封离婚的书信。

1990年，娘病倒了，我们哥几个摊钱给娘看病，二嫂也掏钱。娘说，咋能要你的钱？那个挨千刀的不要你，你还为他尽孝。

二嫂说，娘，别这样说，孙子是您的孙子，姓的杨家的姓，我一分钱也不能少。

我娘抱着二嫂大哭。娘没有闺女，二嫂像亲闺女一样伺候着我娘。我娘去世的时候，我坚持不通知二哥。二嫂说给你二哥打电话吧，娘走了，做儿子的哪能不送送。

打电话，二哥没回来，说在国外执行任务，寄回2000块钱。

我们弟兄五个的媳妇都是二嫂操持着娶到家的。我们的小日子过好了，街坊邻居都说我们遇到了天下最好的嫂子。

二嫂供着儿子上学。1996年，儿子杨谦考上了大学，后来分配到县里工作。二嫂当了奶奶，哪里也不去，种着二亩责任田，天一亮就去棉花田里打花杈。

二哥忽然回家来。二哥头发白了，一脸憔悴。二哥是回

送你一串红灯笼

老家安排自己后事的，说死后想安葬在祖坟上。我们一个个绷着脸，看看二嫂，等二嫂发话。

二嫂说，你是杨家的人，死后当然要在祖坟安葬了。

杨谦不答应，说，你走，我们不认识你。

二嫂说，孩子，咋说他也是你亲爹。

我说，二哥，你心里还有这个家？这些年，你知道二嫂跟孩子咋熬过来的？

二嫂瞪了我一眼，四弟，我都没意见，你和他吃一个奶长大的，还说啥？

二哥走了。二嫂闩上门，哇的一声哭起来，哭得我们慌了神。

村妇桐花

睡梦中听到树叶子哗哗响,桐花就没了睡意,摇晃着马耕田的胳膊说,快听,外面起风了。马耕田翻翻身,呓语说,起风了有啥大惊小怪的?说完,呼噜声继续。

桐花不再理会马耕田,瞪着眼睛,一直瞪到天亮。桐花到院子里看看,一连多日的大雾不见了,眼前一个澄明世界。小鸟在树枝上唱歌,太阳正在慢慢升起来,枯黄世界被太阳点亮了。桐花望着满天朝霞,笑靥如花。

桐花想,天气好了,社平就能去县城进货。让社平给捎点化妆品,皱巴巴的脸蛋早就该滋润一下了。

一想起社平,桐花心里突突跳。社平戴着墨镜的模样总是在桐花面前闪来闪去,不去想都不行。尤其是有风,吹乱了长发,骑着摩托车的社平轻轻甩一下头发,那动作极潇洒。潇洒得让桐花怦然心动。

社平脑子活,办事儿总是胜人一筹。社平最先是种草莓的，第一年就发了财。大家眼红，也跟着他学种草莓。社平在技术上不保守，教给大家如何种草莓，还让大家到他的田里来取经。村里人都种起了草莓，他却用挣到的钱建一座冷库，储存草莓。全村的草莓还喂不饱他的冷库。种草莓的人越来越多，积压着卖不出去，社平又把冷库转让，在自己临街的家里开超市，经营日常用品，也经营化肥农药。桐花爱跟社平开玩笑，管他叫超市市长。

桐花做好早饭，正在喂鸡，马耕田揉着眼睛从屋里踱出来。昨晚就说好了，今天上午去棉田喷农药。桐花就说，你先吃着饭，我去社平超市。桐花的一句话像炮捻，点燃了马耕田的炮仗。马耕田冲着桐花大声吼，你是想见社平了吧？桐花倒是不在乎，说我就是想社平咋了？你管不着！马耕田的火气更大，打雷一样说，你是我老婆，我就得管你。

马耕田背着手，骂骂咧咧去买农药。他就是想不通，心说社平不就是戴着个墨镜？看把你迷得丢了魂儿。回头我也买一个墨镜戴给你看。

马耕田打定了主意，宁可绕着走，也不买社平的农药。村里又不是只有社平开超市。

望着马耕田的背影，桐花心里五味杂陈。自己当初咋就这么倒霉？嫁给了马耕田这个窝囊蛋！高媒婆给桐花介绍马耕田的时候，马耕田的模样还可以，糊里糊涂就把自己嫁了过来。这些年，家里家外干不完的活儿，再看自己已经青春不再。马耕田却变成了懒汉，不仅不爱打扮，胡子拉碴的，还染上了抽烟、酗酒和赌博。

马耕田手里提着两瓶农药回来了,进门就说,我就是不在社平超市买农药,离开他我照样生活。马耕田说着话还掏出来一个墨镜说,你不是喜欢看社平的墨镜?我也买一个给你看。桐花说,猫行千里吃肉,狗行千里吃屎。你戴上眼镜反倒像个土匪。

马耕田哼一声,蹲在地上抽闷烟。沉默一阵子,猛地站起来说,社平是长发,我是光头,哪点比他差?桐花说,你去照照镜子就知道了,你跟社平差的是素质。

素质?素质多少钱一斤?哪里有卖的?马耕田还真的弄不懂素质是啥东西。

匆匆吃了早饭,马耕田背着喷雾器向外走,桐花提着农药在后面跟。

他们家的棉田临着公路。桐花从井里提水,让马耕田喷药。桐花又提了一桶水,就坐在地边公路上,看着风像水一样在田里流动,棉花叶子像无数个小手在阳光下摇晃着。

面包车吱嘎一声停在桐花身边。社平摇下车窗,探出头来说,嫂子,我进城采购货物,你不是说要我给你捎化妆品吗?

咋心里想谁就能见到谁?桐花心里咯噔一下,又咯噔一下,看看社平,又快速地把目光错开,低了头说,你给俺捎一瓶防晒霜,回头给你钱。社平说,啥钱不钱的,我帮你捎回来。桐花抬头看社平,社平用手扶扶墨镜,露着一口洁白的牙齿。桐花倒是希望风再大一些,吹乱社平的头发,让社平潇洒地甩一下。这么柔顺的长发,不甩一下真是太浪费。

送你一串红灯笼

社平挥挥手，一踩油门，车轮滑进棉田。桐花忙过去推车，面包车像个哮喘的老牛一样，吼几下，冲出去了。正好遇上马耕田走到地边，看到被车轮压坏的几棵棉花苗，丢下喷雾器，鸭子一样追过去大喊停车。

社平把车停下来，只见马耕田叉着腰，摇晃着光脑壳说，你轧烂了我两棵棉花苗还想跑啊？

桐花一看这阵势，推开马耕田说，不就是两棵棉花苗嘛，值得这样发火？马耕田甩开桐花的胳膊，一瞪眼说，别人轧了没事儿，社平就不行。

社平从口袋里掏出一盒烟给马耕田说，我哪里得罪你了？为啥对我这么大的火气？马耕田推开社平的手，吐口唾沫说，不稀罕你的烟！

社平哈哈笑，你开个价吧，一棵棉花苗多少钱？

马耕田不抬头，鼻孔朝天，说一棵棉花苗20元。

桐花骂他，你这不是敲诈嘛。桐花说着话用头向马耕田身上撞。

社平拿出40元钱放在马耕田面前扬长而去。马耕田望着社平的背影说，因为啥，就因为你戴着墨镜，不顺眼！

桐花夺过钱，一挥手，四张纸币像蝴蝶一样飞舞。钱钱钱，你就知道钱！

远远的，社平停住车，从车窗里探出脑袋说，不就是几十块钱？钱算个啥！说着话，社平甩了一下长长的头发，甩得桐花愣了神，心里隐隐疼了一下，有一种轻飘飘的感觉。

社会万花筒之中国微小说系列丛书

堂　嫂

　　我的堂哥叫吉川，虽然下肢残疾，也没有上过学，却会编筐编篓，拿到集市上换钱。堂哥脾气温和，跟别人一说话，脸上就会绽开一朵小花。
　　随着年龄的增长，堂哥脸上的微笑越来越少了，而且很少出门，见人就低着头。我娘说，你堂哥找不到媳妇，心里压抑。我爹也叹着气说，谁家闺女愿嫁一个瘸子啊！
　　没想到堂哥也有桃花运，捡了一个媳妇。快过年的时候，村里来了一个女疯子，我们就跟着围观。女疯子刚从柴草垛里拱出来，头发像鸟窝，穿着脏兮兮的旧衣服，光着一只脚，满是泥垢。有人向女疯子身上投掷瓦块，被我娘喝住了。我娘把女疯子领到家里，给这个女疯子洗洗脚，洗洗脸，换一身干净衣服。再看，女疯子的脸色光洁如玉。我爹说，你想咋？我娘跟我爹眨眨眼睛说，把这个疯子送给吉川做媳妇。我爹乐了，这个疯子让你一收拾，还挺俊哩。

送你一串红灯笼

晚上，我娘把女疯子领到堂哥家，招来村里好多人围观。这个说，吉川，你小子艳福不浅哩。那个讲，明年准能生个胖娃子。堂哥听了，乐颠颠的，脸上露出了久违的笑容。

娘拉着我的手，让我喊女疯子堂嫂。我的新堂嫂用呆滞的目光扫了我一眼，像是害怕，缩着脑袋，躲躲闪闪。

过年时，我们到堂哥家去玩，就见堂嫂蹲在院子里，一只手在地上写字。那年我九岁，能认识堂嫂写的字：梁嘉。我就问她，堂嫂，你的名字叫梁嘉？堂嫂不说是，也不说不是，望着我，痴痴地笑。

有时候，堂嫂还写一串洋符号，我不认识，但是我知道那是英语字母。我跟我娘说，堂嫂还会写英语呢。我娘说，你堂嫂那白白净净的身子，一准是个城里人呢。

桃花开的时候，村里来了几个陌生人，向村里人打听，是否见过一个20岁的女孩子？女孩子是个大学生，因为失恋，精神受到刺激，从学校跑出来就失踪了。村里人听了，一个个把手摇得像风摆柳，说了一连串的不知道，纷纷关门闭户。陌生人就焦急地把一张纸贴在电线杆子上。我跑过去看，上面写着寻人启事，写着梁嘉的名字。我心里咯噔一下，转过身，一口气跑到家跟我娘说，堂嫂家的人来找堂嫂了。

我娘张了张嘴巴，风风火火地来到堂哥家，让堂哥把门闩上，把堂嫂锁进屋子里，叮嘱堂哥，谁喊也别开门。

可是，我却鬼使神差地去村头，跟那几个即将离开村子的陌生人说，堂嫂被堂哥锁在屋子里。

天黑了，堂哥家里突然一阵嘈杂，还传来堂哥的哭声。

我娘连忙跑出去看,一会儿回来,很生气地说,你堂嫂被警察带走了,是不是你吃里扒外捅了娄子?

我一听,害怕了,咬紧牙关不敢吭声。我爹抡起巴掌打在我屁股上说,你堂哥找个媳妇容易吗?你这孩子,咋办这缺德事儿!

第二天,堂哥在我上学的路上拦截着我,手里提着一根棍子,恶狠狠地向我扑过来。我一溜小跑,跑出好远好远。后来,见到堂哥就绕着走。

堂哥又变得寡言少语了,闷头在家里编筐编篓。

堂哥,我欠你的。望着失魂落魄的堂哥,我总是心存愧疚。

补记:二十年后的一个春天,我到石家庄某建筑工地打工。年底结薪,因为存在争议,工头带我去见老板。走进宫殿一样豪气逼人的大办公室,看到办公桌后面坐着的那个珠光宝气的女老板,我顿时愣住了:女老板下颌那颗美人痣告诉我,她就是我曾经的堂嫂。

我嗫嚅着,喊了一声梁总。

麻　姐

不要认为麻姐脸上有麻子，麻姐姓麻，细皮嫩肉，脸蛋光滑，连个斑点也没有。麻姐长得有点矬，笑起来咯咯的。小麻庄的人都知道麻姐是个要强的铁姑娘，无论干啥也不落人后。秦小葱就是看中了这一点，半道上截住麻姐，要麻姐给他做老婆。

麻姐没能躲得开秦小葱的巧舌如簧能说会道。说实话她是被秦小葱的小白脸大眼睛击倒了。秦小葱唯一的缺点就是家里穷。麻姐说，穷不是缺点，勤快点不就啥也有了？结婚后，就让秦小葱到石家庄打拼，跟着别人磨香油。做梦也没想到的是，秦小葱有了自己的门店，有钱了，却做了陈世美，丢下麻姐和4岁的儿子，跟着一个哈尔滨女人去了东北。

麻姐没哭，也没闹，倒是笑了。麻姐带着儿子干不了农活，拿着秦小葱给她的一笔钱在元城租了个门市，卖服装。

有人劝麻姐再找一个吧，才三十一岁，没男人不是家。麻姐笑着摇摇头。再劝，麻姐还是摇头。

儿子八岁那一年，麻姐把儿子送进了元城最好的一所学校。儿子到同学家里玩，同学的爸爸是老板，儿子很羡慕，就跟同学的爸爸诉苦，说自己家里穷。同学的爸爸怜悯他，给了他一沓子钱说，回家让你妈妈给你买好吃的。钱花完了，再跟我要。儿子可高兴了，手里攥着钱，跑得上气不接下气回到家，向麻姐报喜。

麻姐却黑了脸，让儿子给老板送过去。儿子不去，她拉着儿子去找老板，满脸赔笑，把钱递给老板说，我们过得很好的，不缺钱。老板说，我这是给孩子的，孩子说买不起玩具，你就拿着吧，我不在乎这点钱的。麻姐说，您有钱，是您的，谢谢您了。说完，拉着儿子转身就走。

儿子的小手勾着她的大手，勾得她的手心痒痒的。儿子仰着小脑袋问她，妈妈，你为什么说假话啊？麻姐停住脚，俯下身子跟儿子说，孩子，你还要记住，咱不能靠别人可怜过日子，只要勤快，什么都会有的。

我就是那个老板，很敬佩麻姐。他的儿子和我的儿子都考上了大学，有了工作，我想这一回麻姐该享福了。我向她儿子打听她的近况，她儿子却说她闲不住，到内蒙古种地去了。

再次见到麻姐是今年冬天。我去民政局办事，看到一个穿着名贵皮草的阔女人，竟是麻姐。我找了个酒馆，请她吃饭，她不停地喝酒，跟我聊起这些年的创业经历。

送你一串红灯笼

城市拆迁，拆掉了她的服装店，给了她一笔补偿款。她拿着这笔钱在内蒙古与俄罗斯交界的地方承包了10亩地，种玉米，种大豆。后来逐渐有钱了，滚雪球一样，如今已经承包200亩地了。她买了农业机械，自己学会了驾驶拖拉机、收割机。我问她，在那里人地生疏，能打开场面？她喝了一大口酒，笑了，说刚到那里的时候，当地人欺生，找她的事儿，她提着菜刀找村长。

我劝她别喝了。她说没事，在东北就靠喝酒打发日子，不会喝酒咋混？那里的一个恶棍找她的茬儿，她到派出所报案，没人敢管，她就喝了酒，掂着菜刀跟恶棍硬拼。最后，恶棍胆怯了。喝酒就是那时候练出来的。

她又说，其实内蒙古人挺好的，混熟了，豪爽、仗义，不像咱们这里的人小心眼、窝里斗。

她喝得布满沟壑的脸蛋红红的，站起身说去卫生间。过一会儿，她回来了，擦擦手。我问她成没成家。她笑了，说，没，在内蒙古有本地人找她，她没答应。再说，还没离婚呢，20年了，没办手续。

我问她是不是还想着秦小葱。她低下头，沉吟一下，看着我的眼睛说，秦小葱是我孩子他爹啊，听说做生意赔钱了，那女人也走了，一气之下跳楼了，没死，落了个残废，真是可气又可恨。我看在他是我孩子爹的份上，一直给他寄钱，养他。

我替她惋惜，她却说没事，这几年打拼，挣了160万块钱。这次回来看到村里的留守老人、孤寡老人这么多，想办个托老院，把老人养起来，就到民政局打听如何办手续。

我们出来的时候，她的身子摇晃一下。我去扶她，她把我推开了，吐着酒气说，这点酒算个啥？望着她趔趔着向外走，我转身去吧台买单。服务员告诉我，先生，刚才那位女士已经买过了。

二妮娘

在元城乡下,很少有人称呼女人的名字。女人在娘家做闺女的时候,村里人称呼她们的排行,叫大妮儿、二妮儿、三妮儿。为了区别开,有的还加上父亲的名字,富贵家的二妮儿,招财家的四妮儿。女人过了门,嫁到婆家,别人称呼她就加上男人的名字,张三媳妇,李四老婆。有了孩子,就用孩子的名字做称呼,小三娘,小四娘。

富有家的三妮儿嫁到元城葫芦巷,就变成了常贵媳妇。后来生了个女娃,没保住,夭折了,第二胎还是女娃,唤作二妮,别人对常贵媳妇的称呼又变成了二妮娘。

二妮娘这辈子并不幸运,在娘家做闺女的时候暗恋着秦小毛,有一次赶庙会还向秦小毛口袋里塞过花手巾。可是二妮娘的爹是个酒鬼,喝迷糊了犯浑,拍着胸脯子把二妮娘许配给了酒馆老板的小儿子常贵。二妮娘出嫁前,跟秦小毛说,谁也不怪,就怪自己遇见一个糊涂爹、酒鬼爹。二妮娘哭过了,抱一下秦小毛，转身跑了。第二天，上了常贵的花轿。

常贵不会经营酒馆，就做了泥瓦匠。干活累了，回家就喝酒。喝醉了，就打二妮娘。二妮娘哭着回娘家，爹不同情，说男人打老婆天经地义，有啥哭的？我就经常打你娘。娘也说，你是不是做了理亏的事？

二妮娘一听，不哭了，站起身，扭过脸，甩着胳膊，迈开大步茬子，噔噔噔走了。

日子还得过啊，捏着鼻子也得熬。二妮娘在常贵面前也不示弱，无奈的是力量没有常贵大，鬼点子没有常贵多，每次打架，吃亏的总是二妮娘。大妮儿出生没过满月，夭折了。不久，二妮就出生了。望着二妮粉嘟嘟的小脸儿，二妮娘擦干泪水，笑得花儿一样。笑得常贵的气也消了，说二妮娘没心没肺。

人常说，右眼跳灾，左眼跳财。这几天，二妮娘的右眼一直跳，跳得二妮娘心神不宁，跟常贵说，当家的，今天你别去上班了。常贵瞪着眼睛说，听见蝼蛄叫就不种麦子了？你的眼睛天天跳，我天天坐在家里，不挣钱，吃啥喝啥？

还是应验了。常贵在房上摔下来，瘫痪了三年。二妮娘嘴里说活该、活该，还得去伺候，端屎端尿。常贵说，怪我不听你的话，拖累你了。二妮娘说，当家的，你总算是说了句人话。啥也别说了，这都是命。常贵说，我以前打你，你不记恨，还伺候我，我不是人，我生不如死啊！说着话，自己扬起巴掌打自己的脸，用头向墙上撞。二妮娘一把拦住了，在常贵胳膊上拧了一下说，当家的，你可得好好活着，

送你一串红灯笼

二妮回家有个爹，我也有男人。你要是死了，咱孩子没爹不说，我也成了寡妇。

这时候的秦小毛也死了老婆。秦小毛装作买粮食的，经常来二妮娘家门口走来走去。有一次进了二妮娘的家，跟二妮娘说，你男人这样子，你还守着他干啥？

二妮娘一边喂鸡，一边说，这是我男人，既然嫁给他，我就得伺候他。

秦小毛低下头，帮二妮娘干活。

隔三岔五的，秦小毛就来帮二妮娘。二妮娘说，你别来了。

秦小毛问，为啥？

不为啥。

不为啥是为啥？怕别人说闲话？

是，也不是，反正不想看到你。

我知道，你是怕常贵在屋里看到我心里不舒服。秦小毛站起来走了。临出门，秦小毛还停住脚步，回过头望了望在院子里忙活的二妮娘。

二妮娘养了三头猪，七只羊，还养了一群鸡，一群鸭，在院子里开辟一个小菜园，种上了蔬菜。天气好，她就把常贵背到轮椅上，推到院子里。看着二妮娘忙活着喂鸡喂鸭，喂猪喂羊，然后蹲在小菜园里拔草，常贵心想，我也不能闲着，去学补鞋，学配钥匙，有个活干心里踏实。常贵就喊二妮娘，你帮我买一副拐杖吧，我想试探着站起来。

二妮娘扬起沾满泥巴的手，用上衣袖子擦了一下额头的汗水，冲着常贵咯咯笑。

社会万花筒之中国微小说系列丛书

够 儿

够儿刚生下来,还被收生婆攥在手上,趴在窗户外面听动静的爹就跑进屋里来。一看不是儿子,爹拍拍大腿,哭丧着脸跺脚而去,三天没吃饭,一个月没看够儿一眼。够儿仿佛很知趣,吃了就睡,睡醒了就玩,不哭也不闹。

满月那天,娘怯怯地问爹,她爹,给孩子取个啥名?爹吹胡子瞪眼说,爱叫啥就叫啥。

娘没了主意。够儿上面已经四个姐姐了,计划生育罚款,村长带人把家里的粮食都弄走了,把家里的三只羊、两头猪也牵走了。被三个孩子拖累得够呛,娘实在是不想再生了,够了,够了,就给第四个闺女取了个名字:够儿。

爹不疼、娘不爱的够儿长得瘦瘦的,小巧玲珑,却声音甜、性子野,一点儿也不像三个姐姐。上到小学三年级,爹就不让够儿上学了,让她到地里割草。爹说,家里养着猪,喂着羊,还有鸡,你在家里干活吧。够儿没有哭,也没有闹，背上箩筐就去地里割草了。爹从来没有抱过她，对她总是黑着脸，她却笑嘻嘻的。吃完饭，姐姐们都去上学了，她帮娘洗碗，然后下地割草，小脸蛋被晒得黑黝黝的，一笑就会露出白白的瓷一样的牙齿。

那年秋天，爹崴了脚，又赶上晚上浇地，爹发愁了。够儿换上衣服，背上铁锨就下地了。第二天，娘问她，够儿，钻玉米地，黑灯瞎火的，你不怕？够儿笑了，不怕，能听到坟地里的猫头鹰叫，可好玩了。

娘听了一哆嗦，感觉瘆得慌，脊梁沟发紧。

家里闺女多，自然受气。有一次村长喝多了酒，在街上骂够儿的爹。够儿咬紧牙齿，铆着劲儿，一头撞过去，把村长撞了个屁股墩。村长红着脸，爬起来拍拍土说，你这个小妮儿真厉害。

够儿给爹长脸了，爹第一次对够儿刮目相看。爹笑了，娘也笑。娘说，俺够儿吃饭像鸟儿一样，咋就那么大的劲儿？差点把村长那龟孙撞死。

姐姐们相继出嫁了，够儿也到了结婚年龄。媒婆到家里来，被够儿撵了出去。够儿说，俺不嫁人，俺在家里伺候俺爹俺娘。娘劝她，哪有不嫁人的老闺女？她说，那就找个上门女婿吧。娘只得依她，委托媒婆向自小没有父母的锁子提亲。

见面那天，够儿跟锁子说，你对待俺爹俺娘，要像对待你自己的亲爹亲娘一样好，你能做到吗？锁子点点头笑了，说，我自小没有爹娘，这一下好了，不仅有了爹娘，还有了老婆，多美啊。够儿一听，笑得捂着嘴从屋里跑了出来。

59

结了婚,够儿不闲着,自己在家里养猪养羊,忙地里的农活,还撺掇着锁子去天津打工挣钱。锁子刚走,爹就瘫痪了,在元城县医院住了一个月。够儿没告诉锁子,自己在医院伺候爹。出了医院,够儿忙地里的农活,回到家还要帮着娘给爹喂饭,每天帮爹擦身子,两天洗一次脚,半月剪一次指甲。锁子回来了,够儿让锁子去元城,买回来一个轮椅,闲了就推着爹在街上转悠,转悠得爹眼里湿湿的。

二姐嫁到邻村,婆婆是个母老虎,经常跟二姐吵架。二姐性格要强,天不怕、地不怕,婆媳闹得很僵。而二姐的丈夫性格懦弱,在夹缝中难受。

够儿去了二姐家,二姐的婆婆正在包饺子。够儿笑嘻嘻地说,大娘,您大人别见小人怪,俺姐姐再不好,她在您跟前也是个孩子,是你的儿媳妇,你老了,她还得伺候你呢。看在这个面子上,你就忍让着她,也别让二姐夫从中为难。

二姐婆婆认为够儿是来替姐姐出气的,正想发脾气,没想到够儿说了这么一通话。

二姐婆婆低下头说,你二姐像你这样通情达理就好了。啥也不说了,够儿,就冲你这几句话,我什么亏也能吃。

够儿拉着二姐婆婆的手说,大娘,你真是聪明人。

够儿又找二姐说,家和万事兴,你不尊重老人,人们会笑话你的。你婆婆说话口气硬,脾气坏,其实心软,你敬着她,割她的肉吃,她也让你割。

二姐扑哧笑了。

后来,二姐家里婆媳关系很好,再也没生气。

送你一串红灯笼

　　爹说对不起够儿,当初让够儿上学就好了。够儿给爹掖掖被角,说,俺这不是挺好的?天天能看到娘,守着爹,这是俺前世修来的福呢。

社会万花筒之中国微小说系列丛书

女教师

我在元城县政府研究室上班不久，去城北徐家营搞调研，在村口遇到一个疯疯癫癫的女人。我问她，村长家在哪里？女人愣一下说，您跟我来吧。

到了一个破败的院落前，女人指着对面的大门说，那就是村长家。说完，女人进了那个破败的院落。

我的目光跟随着女人的背影，依稀能分辨出墙上写着徐家营小学。院落空空的，长满了荒草。我心里疑惑，这个神秘的女人是干什么的？

村长没在家，接待我的是村长夫人张嫂。张嫂说，你等等村长吧，村里的事儿多，说不定啥时候才能回来。我问张嫂，刚才有个女人去对门那个废弃的小学校，她是干啥的？张嫂打量我一眼，叹口气说，你说的是徐颖吧，这孩子可怜啊。

张嫂跟我讲起徐颖的故事。

送你一串红灯笼

徐颖从小有个教师梦,父亲吃糠咽菜供她读书,一连复习了三次都没考上师范学校,精神上受了打击,天天低着头,不和别人说话。到了谈婚论嫁的年龄,她提出唯一的条件就是谁能让她教书,她就嫁给谁。小学校长老袁有个瘸儿子,找不到媳妇,老袁让徐颖顶替休产假的马老师,到学校教书。

学校的老师大多没心思坚守岗位,有的提前放学打猪草,有的上课时间回家做家务。徐颖却一心钉在学校。年终统考,她的成绩在全县排第一,她教的毕业班,大多考上了重点中学。

去县里领奖的是马老师。县里的新闻播了,徐颖在电视机前乐得手舞足蹈。

马老师休完产假,要上班了,老袁给马老师好说歹说,马老师又休息了一年。前年,村里启用新学校,老袁也到了退休年龄,马老师上班了。

老袁的瘸儿子嫌弃徐颖不会生孩子,从外地领回一个小寡妇。

我说,徐颖呢?

张嫂说,徐颖天天去学校上课。学生搬到新学校去了,徐颖还是到老学校来,把自己打扮得光光鲜鲜,站在空空的教室里讲课。

我说,原来徐颖是个疯子。张嫂瞪我一眼,生气地说,不许你说她是疯子,否则,我们村里的老娘们儿跟你没完。

老娘们儿?我更是不解。

张嫂说，俺村里的几个老娘们儿没事儿，天天搬着小马扎，去小学校听徐颖讲课。

为什么去听她讲课？

安慰她呗。张嫂说着，又叹了一口气，唉，再过几天，废弃的小学校也要拆掉了，到时候不知道徐颖去哪里讲课。

果然听见学校那里传来徐颖的声音：请大家跟我读，白日依山尽，黄河入海流。

几个苍老的声音回应着：白日依山尽，黄河入海流。

张嫂忽然站起来说，她们该下课了，我该去敲钟了。

说着话，张嫂一手拿起小木棍，一手拿着破洗脸盆出去了。不一会儿，破院落里传来敲击洗脸盆的声音。

我忽然萌生一个想法，跟村长商量一下，能否让徐颖去我朋友的私立学校任教。我打这个想法跟张嫂说了，张嫂一拍大腿说，你要把这件事儿办成了，俺们全村人感谢你！

盘妯子

我又见到盘妯子。盘妯子还是疯疯癫癫的样子。

我跟母亲说，盘妯子挺可怜的。母亲噘着没牙齿的嘴巴说，谁可怜她这个美女蛇！

我实在是不能把"疯婆子"和"美女蛇"这两个词汇联系在一起。但是，我从小就在母亲的嘴里知道了"美女蛇"的来历。

二十世纪七十年代初，村里的妇女们靠纺棉花、织布维持一家人的穿衣。勤快的人家日夜纺织的棉布自己用不完，悄悄卖给城里人，换点钱补贴家用。当时，村里的大喇叭天天喊着割资本主义尾巴，不让做生意，都是私下找好买主，偷偷交易。晚上，夜深人静的时候，大家像做贼一样，抱着棉布，卖给城里人。

那时候，母亲天天和盘妯子、五大娘等八九个妇女凑在一起纺棉花。尤其是晚上，坐在一起主要是能节省灯油钱，还能说些家长里短。尽管日子苦,吃不饱,说说笑笑就忘掉肚子里的饥饿了。盘婶子是个爱说笑的人,跟大家讲她娘家的故事,逗得大家呵呵笑。

盘婶子瘦瘦的,脸色蜡黄,却掩饰不住她的俊俏。盘叔得了肺结核,常年趴在土炕上咳嗽。家里孩子多,没劳力,全靠她纺花织布来养家。临近年关的一天晚上,盘婶子脸色很难看,叹着气说盘叔怕是过不了这个年,在家呻吟呢。

母亲说,等咱们卖了手里的布,你带孩子爹去县城看病。

盘婶子说,这点钱还不够喂这几张嘴,哪里有钱看病?说着,抹眼擦泪。

低着头纺棉花的五大娘说,怕是连布也卖不成了。公社开会,让打击投机倒把,割资本主义尾巴,生产队长正在打听谁在偷买偷卖呢。

母亲说,都是老熟人了,生产队长也是睁一只眼、闭一只眼,不用怕。

一天晚上,母亲和几个婶子大娘抱着纺织好的棉布去卖,被生产队长带人堵住了,布匹全部被没收。母亲和大家坐地上嚎啕大哭,那可是半个月以来,辛辛苦苦熬夜纺棉花,再一点点织出来的布啊,还指望着换成钱过日子呢。

后来,大家一琢磨,肯定是有人走漏了消息,要不,生产队长咋会知道?

母亲说,咱这里面有奸细。

大家你看我,我看你,一阵沉默。忽然,五大娘说,谁汇报了,生个孩子没屁眼。盘婶子也说,谁汇报了,天打五雷轰。大家你一言、我一语,用最恶毒的语言诅咒举报者。

母亲叹一口气说,不就是一匹布嘛,就当是喂狗了,让狼叼走了,咱们还有两只手。

盘婶子一连几天没来,大家去他家里看看,盘叔病得更厉害了。从县医院取回来的药摆放在炕台上,屋子里氤氲着难闻的中药味儿。

半夜里,一声凄厉的哭声划破夜空。母亲和五大娘向盘婶子家里跑去,盘叔直挺挺躺在土炕上,脸上盖着一张白纸,几个孩子和盘婶子趴在身边哭。

大家一边安慰盘婶子,一边帮着料理丧事。

盘叔下葬了,盘婶子疯了。盘婶子疯疯癫癫,逢人就说,是我汇报的,是我汇报的。

母亲愣住了。原来盘婶子为给盘叔看病,到公社汇报了交易的时间和地点,公社赏给盘婶子十块钱。孰料十块钱花完了,盘叔的病也没有看好。

大家开始恨一脸老实相的盘婶子。多年了,不能释怀。大家都向她吐痰说,活该,报应,你这个美女蛇。

今年腊月,疯了半辈子的盘婶子死了。

想想盘婶子,母亲和五大娘心里七上八下,大半辈子的怨恨烟消云散了。几个人在一起合计了半天,要送送盘婶子。

可怜的他婶子啊!母亲和五大娘在盘婶子灵前哭得鼻涕一把、泪一把。

结巴婶

结巴婶个头矮矮的，身材胖胖的，酱紫色的脸上有几个浅麻子。结巴婶说话结结巴巴，却爱说爱笑，总是逗得人们前仰后合。

我听人说，结巴婶是袁叔从河南带回来的。袁叔年轻时去河南贩卖小枣，在路边一家小店打尖，遇到人贩子带着几个女人，袁叔就动了买个女人做媳妇的心思。按照规矩，不许挑选，蒙上眼睛，摸到哪个就要哪个。结果，袁叔摸到了一个矮个子的丑女人，说话还结结巴巴。袁叔不想要，却心疼花出去的钱，只好任命，领回来做了老婆。女人长得丑，却比袁叔年轻七八岁，袁叔又暗自高兴。我们就管她叫结巴婶。刚开始，结巴婶想逃走，被袁叔狠狠揍了一顿，结巴婶就老实了，还给袁叔生了个儿子，就是袁小庆。

我在县城上学，周末去袁叔家里看结巴婶。结巴婶跑出来，笑眯眯地问我，你，你，你找谁呢？我一听就笑了，

送你一串红灯笼

故意学她说话，我，我，我找袁叔。没想到结巴婶一听就急了，黑了脸，跺着脚说，你，你这个孩，孩子，还还，还学我说说，说话。我一看结巴婶急了，也害怕了，幸亏马武子帮我打圆场说，赵明宇说话也是结巴。

结巴婶愣了一下，惊异地问我，真的假的？我只好点点头说，我，我也是结巴。结巴婶扑哧笑了，拉住我的手，从屋里拿出一个大苹果塞给我说，咱咱，咱还是一，一家人啊。

袁叔从房上掉下来，摔死了，结巴婶拉扯着袁小庆过日子。

结巴婶在三里五乡可是一把好手，平日里像男人一样干农活，回到家洗衣做饭。家里收拾得干干净净，闲暇还会编筐编篓，拿到集市上换钱。我娘说，瞧你结巴婶，长得像猪，干活儿却像牛，比男人还能干呢。

结巴婶家里盖起了全村最好的房子，还买了农用三马车。袁小庆到了结婚年龄，结巴婶一次次去找高媒婆，央求她给袁小庆介绍对象。可是女方听说袁小庆家里有个说话结结巴巴的娘，就摇着头，一百个不愿意。

袁小庆总是跟结巴婶吵架，原因是结巴婶爱说话，一说话就惹得大家讥笑。袁小庆说，娘，你就不能不说话？结巴婶说，为，为，为啥不，不让你娘，说说话？你，你娘，又不不不是哑，哑巴。再，再说了，结结，结巴咋了？又，又不偷不不抢，犯，犯法啊？

袁小庆气得直掉眼泪。我安慰袁小庆，袁小庆擂了我一拳说，去去去，滚一边去！听马武子说过，你曾经学我娘说

69

话，你也不是好人！

　　一年年拖过去了，眼瞅着跟袁小庆一般大的都结婚生了孩子，结巴婶心似油煎，鬓角上如同落了一层白霜。结巴婶把舍不得吃的一篮子鸡蛋全送到了高媒婆家里，高媒婆从几十里外找了一个女孩。女孩长得清清秀秀，一见面就喜欢上了袁小庆。女孩来家里，看见结巴婶，喊一声婶，结巴婶高兴得满眼泪花，说，孩，孩子，吃，吃，吃鸡蛋。女孩打量着结巴婶，笑得眼睛出水，说，您自己吃吧。

　　女孩走了，再也没回来。袁小庆去找女孩，女孩说，哪里都不错，没有你娘就好了。

　　袁小庆回到家呜呜哭。结巴婶劝他，他却说，你是我娘，我拿你没办法！

　　结巴婶心里咯噔一下。第二天天不亮，雾气很重，结巴婶悄悄起床，夹着一个小包袱，消失在弯弯曲曲的土路上。

　　一晃十年过去了。忽然有人来单位找我，我出去一看，竟然是结巴婶。结巴婶显得年轻了，像个干净利落的城里人。我惊喜地说，婶子，这些年你干啥去了？是不是改嫁了？结巴婶笑着拍了我一巴掌说，你，你，你混小子还敢跟，跟我开，开玩笑啊！跟，跟你说，婶，婶子这些年一直在，在城里做，做保姆。人，人家管，管吃管住，一个月还，还，还给2000块钱呢。闲，闲下来，我，我还到菜市场帮人家买菜，拼着老命干，可，可，可没闲着。

　　我说，婶子，这些年你不想回家看看？一句话，结巴婶脸上滚下几颗泪蛋蛋。她说，不，不回去，就，就当我没

送你一串红灯笼

儿子。我一听，劝她说，不说了，不说了，婶子，你找我有事儿？

结巴婶说，我，我一，一直打听着，我的孙，孙子，也，也有七八岁了。家，家里的环，环境不好，你，你告诉袁小庆，让，让他带，带着孩子老婆来，来市里吧。让，让孩子在，在市里上学，他，他两口子打工，也不少挣，挣钱。

结巴婶从口袋里掏出一个本本，还有一串钥匙，递到我手里说，这，这是我这些年，打，打工挣的钱，买了一套小房子，送给我孙子的，麻，麻烦你交给袁，袁小庆。房，房产证、钥匙，都，都在这里。

结巴婶摇摇晃晃地走了，望着她的背影，我的鼻子酸酸的。

社会万花筒之中国微小说系列丛书

老 曹

　　老曹是元城查桥镇人，第一次结婚时，才8岁。懵懵懂懂地在红烛前拜天地，老曹感觉很好玩；望着一袭红妆的新娘子，笑得眼睛像月牙。

　　半夜里，老曹睡醒一看，身边躺着一个大姑娘，哇一声哭了，跑回娘的屋里要跟娘一个被窝。娘好说歹说，把老曹劝睡了，再让新娘子把老曹悄悄抱回新房。

　　新娘子叫巧娥，比老曹大10岁。巧娥个子不是很高，却眉目清秀，厚道勤快，白天笑眯眯地牵着老曹的手在院里玩，晚上给老曹讲故事、暖被窝。

　　老曹16岁那年，巧娥生了个女娃，染了四六风，夭折了。后来，老曹参加南下部队打老蒋。再后来，老曹在部队上结婚了，还有了孩子。解放后，老曹给巧娥去了一封信，说我跟你没感情，你找个好人家吧。

　　老家有人来部队，老曹悄悄打听，才知道巧娥没有改嫁，在家伺候婆婆。老曹在河边坐了半天，揪自己头发，打自己嘴巴。

老曹感到对不起巧娥，就告假，回家一次。进门看到巧娥正在给娘洗脚。娘见他回来了，挥舞着拳头打他，骂他是陈世美。巧娥拦住娘，说娘啊，别打了。

老曹说，我对不起你，你再找个人家吧。

巧娥说，我不走，我在家伺候娘。

老曹是夜里偷偷离开村子的。

1968年，武斗开始了。老曹被批斗，只好带着老婆孩子回老家查桥镇躲避。实在是不想回老家，害怕看到那尴尬的一幕，可是又没办法。

老曹带着孩子在街上走，遇到巧娥。老曹想跟巧娥说话，巧娥已经过去了。

老曹的老婆不会做衣服，几个孩子光着脚，衣服露着肉。巧娥做了几双鞋，几件衣服，到天黑悄悄送过来。

有一次孩子半夜里抽风，村里没医生，老曹只好抱着孩子来找娘想办法。娘被吓得两腿打颤，带着老曹来央求巧娥。娘说，巧娥，他毕竟是我的孙子，你救救他吧。

巧娥说，娘，瞧你说的，别说是你孙子，就是素不相识我也得帮一下的。

巧娥起床，从脑后的发髻上去下一根簪子，在灯头上烧红了，猛一下扎进孩子的人中，挤出几滴黑紫的血。孩子哇一声哭起来，不再抽搐了。

老曹回城前的一个傍晚，在巷子口截住挑水回家的巧娥，跪下来说，我对不起你。巧娥哧哧笑，男人膝下有黄金，不要做软骨头，动辄就下跪。老曹站起来，抬头看，巧娥已经挑水走远了。

每个月领了工资，老曹拿出一部分寄给娘。娘死了，老曹打发老娘入土，劝巧娥找个人家，老了有个依靠。

别人也劝，巧娥啊巧娥，你说你一个人活守寡，到底图的啥？

巧娥不说话。再劝，巧娥说，我这不是很好嘛？

老曹给巧娥留下一些钱，被巧娥一把推了回去。巧娥说，我有一双手，不聋，也不瞎，自己还能养活自己。

巧娥死了。巧娥没儿没女，没人扛幡，也没人摔丧盆。老曹得到消息，专程回来，要身穿重孝摔丧盆，扛幡儿。

在元城，这是做儿子干的事儿。不是儿子，这样做会被人不齿。老曹不听别人劝告，也不怕别人耻笑。下葬那一天，老曹整理巧娥的遗物，在巧娥的枕头套子里面发现一张照片。照片上是一身戎装的老曹，是那年老曹寄给母亲的。还有一双绣花鞋，是和老曹拜堂成亲那一天穿过的。

老曹把绣花鞋和自己的照片放进棺材里痛哭流涕。

老 讲

秋后三个月是农闲,我跟着村里的年轻人到元城打工,在一个建筑工地上推水泥。每天三顿饭在做饭的工棚里蹲着吃,大家围在一起,抓起馒头,就着咸菜吃得风卷残云。

每次吃饭的时候,有一个60多岁的老人在我们中间走来走去。他总是先咳嗽一下,然后说,大家安静啊,我讲几句,不影响大家吃饭。于是就讲起勤俭节约,讲起不惜力气好好干活,挣了钱好养家糊口。一来二去,大家都非常讨厌他,翻着白眼珠子瞪他。絮絮叨叨地给我们讲这些道理,好像我们什么也不懂。

再后来,他一讲话,有的人就端起饭碗到一边去吃。

这人是谁啊?身边有我们邻村的,告诉我说,这人是工头的爹。工头也拿他爹没办法,说他爹老糊涂了,但也不能把他赶走啊,你们就当没听见吧。

我们就给他取了个绰号:老讲。

有一次，老讲手里拿着一个脏馒头，很生气地大声质问，这是我在后坡的沟里捡到的，谁扔掉的？这可是白面馒头啊。你们没有经历过灾荒年，没有吃过糠，没有咽过菜。灾荒年的时候吃不饱肚子，饿得浮肿，做梦也不敢想大白馒头。你们竟然把这白面馒头扔到沟里，作孽啊！

大家不愿听他忆苦思甜，纷纷嬉笑着，端起碗、拿着馍到外面去吃饭。

还有一次，他在工地上扒出来一大坨子水泥，早就凝固了，显然这是民工为了早下班，把没用完的水泥倒在坑里埋起来的杰作。老讲像吃了蒜的猴子一样，黑着脸，在我们面前跳来跳去，说，你们这些人，素质太差了，水泥是花钱买的，祸害谁呢？

大家正要端着饭碗向外走，老讲伸手抓住身边的一个民工问，是不是你？民工说，不是我。老讲又问，那你跑啥？民工说，你说话把唾沫溅到我碗里了。

我们都烦老讲，但是也不认为老讲是坏人。我们在未完工的工棚里睡觉，半夜，有个人过来给我掖被角，把我惊醒了。我感觉是贼，惊讶得跳了起来，一看是老讲。我问他想干什么，他说你小子出门在外，爹娘没跟着，别冻着。

还有一次，民工闹肚子，他从口袋里掏出药瓶说，我给你们备着呢，城里看病不比农村，感冒一次，就半个月白干了。随着药瓶掏出来的还有橡皮膏，他说这是缠手用的，天冷了，手上裂口子，缠上橡皮膏就不疼了。

快到年底了，工程也快完工了。晚上，我们正在工棚里

送你一串红灯笼

打扑克，老讲跑进来，喘着气说，你们快去找工头吧，找他算工钱，可别让他跑了。我们一听，将信将疑地来到工头的办公室，工头正在把东西向皮包里面装。工头一愣，说，你们来干什么？

老讲从我们中间闪出来，两只手拍着大腿说，我的儿啊，咱没钱也不能跑啊，都是乡里乡亲的，你跑了和尚跑不了庙。

工头急了，大声说，爹，你咋能这样呢？你帮着民工害你儿子啊？

老讲也急了，说，我哪是害你啊，我是救你。孩子，咱没钱，说句话，不能让别人戳咱的脊梁。工头怔了一下，蹲在地上，一只手插进头发里搓来搓去说，我也是没办法啊，拿钱的人跑了，我到哪里去找？我不跑咋办啊？

老讲转身对我们说，大家不要担心钱的事，就是卖了我这副老骨头，也不能坑害大家。都有妻子儿女，等着钱过年呢，我这就想办法。

你一把老骨头能有什么办法？我们感觉掉进了冰窟窿里，凉透了。

老讲回老家了，三天后带回来一卷子钱，说卖了家里的房子，卖了宅基地，凑了这些钱，大家分一下，先过了这个年。

我们泪汪汪地看着老讲说，你没有家了，咋回家过年？老讲说，我就在这里看工地了。

天上飘起小雪花的时候，我们该回家过年了。老讲来送

77

我们,说,过了年你们还回来啊,只要有我在,大家吃不了亏。我儿子,也就是你们的工头,他也不容易,明年要打翻身仗,把今年的损失补回来呢,你们可得支持他。

  我们背着行李卷跟老讲挥手道别。老讲眯着眼睛站在雪地上,身后白茫茫的,头上,胡须上落满了雪花。

老　陆

老陆是个怪人。不仅怪，还让人恨得牙根疼。

疤五因为一脸疤，快40岁了还打光棍。村里来了个女疯子，疤五就把女疯子领回家做媳妇，想让疯子给他生个一男半女。老陆听说了，竟然把这事报告给派出所，到了晚上，派出所来了几个民警把女疯子带走了。

村里人都骂老陆，好狗护三邻呢，你连个狗也不如！

老陆说，你光想疤五了，想没想疯子家里找不着人该有多着急？假如你家里人走丢了，被别人留住了，你说你着急不着急？

呸呸呸，你家里才有人走丢了呢！

疤五伸出巴掌揍了老陆，说你老婆死了，也不让别人有老婆？宁拆十座庙，不坏一门亲，你知道不知道？

什么一门亲？你这是犯法。老陆捂着火辣辣的半边脸说。

也算是疤五有福气，女疯子的家人并不来领女疯子，说是正犯愁女疯子嫁不出去呢。派出所无奈，又让疤五把女疯子带回家了。

村里有个叫豁三的人，爱赌博，把钱输光了，赶上老婆生孩子，想把孩子卖给县城的一户人家。这事儿也让老陆给捅了豁子，公安干警介入此案，吓得豁三抱着孩子又回来了。俗话说没有不透风的墙，豁三知道这是老陆从中作梗，找到老陆说，我跟你一没冤、二没仇，你为什么坏我的好事？

村里人听说是老陆报案了，纷纷指责老陆，让孩子找个好人家多好啊，跟着豁三也是受罪，这倒好，把孩子的幸福路给堵死了。老陆，你真是坏了良心，真是狗咬耗子！

老陆没有儿女，养了几只羊。卖了羊，买成树苗栽种在沟边渠沿，栽种在通向镇里的路边。

老陆去杨桥赶集买树苗，让三马车撞了，被抬进医院。老陆躺在病床上说，别治了，赔偿我的钱，买书，再把我家装修一下，建个图书馆。

阴雨天不能去田里，村里人到老陆家改成的图书馆看书。看着书，大家会想起老陆，啧啧兴叹着说，老陆这个人啊。

唐庚申

　　唐庚申，民国十三年出生于元城沙圪塔，幼学私塾，过目不忘。认识他的人都说，如果兴科举，唐庚申必能考取功名。

　　唐庚申满腹学问，却口吃，讷于言辞。别人逗他，一说话就脸红。走路也是慢腾腾的，好像害怕踩死蚂蚁。

　　若论起读书，那就不是一般人能比了。唐庚申祖业丰厚，在城外有八顷水浇地，他专门盖了五间大瓦房用来藏书。唐庚申精通周易，对风水有研究，"生天延祸绝五六"，以及八卦爻辞，背得滚瓜烂熟，并且运用自如。有一次，邻居新宅落成，请人看风水，风水先生查看一番说，你们家的五鬼方位有一条路，五鬼作祟，必出大祸啊。唐庚申咳嗽一声说，无大碍，无大碍。风水先生看唐庚申是个二十岁出头的年轻人，不屑一顾，眼睛朝天盛气凌人地说，你说说看，怎么会无大碍？

社会万花筒之中国微小说系列丛书

　　唐庚申慢条斯理地说，按照常理，五鬼兴盛，主家遭殃。但是这家人绰号叫"二阎王"，有鬼路，自然亨通发达。

　　风水先生听了，醍醐灌顶，要拜唐庚申为师。

　　这件事传出去，唐庚申出了名，不断有人套着马车来请他看风水。唐庚申却摇晃着大脑袋，捧着书本拒绝了。土改以后，唐庚申没了土地，家道衰落。他不善农耕，日子过得不像以前那样滋润，就有人劝他去看风水。邻村有个风水先生，每次能得一斗小米，足够一家人吃喝半月。唐庚申无奈，只得丢下书本去给人看风水。岂知看风水是江湖活计，靠的是三分本事、七分忽悠。唐庚申口吃，人也实在，出去看过几次，都是实言相告，得到的薄酬并不能养家。村里有个叫秦大喷的人，长着薄薄的两片嘴唇，能说会道，游手好闲，跟唐庚申说，再去看风水，带上我，你把看到的先告诉我，我向大处说。

　　拗不过，唐庚申就带着秦大喷给人看风水。唐庚申跟秦大喷说，这家的院墙低，不存财，只需把院墙加高就可以了。秦大喷小眼睛一转，跟主家说，你们家要出大事了，我帮你们破破。主家被吓呆了，酒肉相待，说，先生啊，破财免灾，花钱无所谓。

　　秦大喷点燃24盏蜡烛，跟主家要了两斗小米，丈八红布，在院子里做法。只见秦大喷口念咒语，转了几圈说，没事了，没事了，一个野鬼被我赶走了。把院墙砌高一点，保你们以后人财两旺，居家平安。

送你一串红灯笼

主家听了,千恩万谢。那小米和红布自然归了秦大喷和唐庚申。

回家的路上,秦大喷喜滋滋地说,下一次我说需要两只烧鸡,回家让孩子老婆解解馋。唐庚申不说话,把小米和红布扔给秦大喷说,我不和你狼狈为奸!

唐庚申就不再看风水了,坐在书房看书。偶尔有人带着一盒香烟,或者一包点心来找他择吉日、写婚帖,他满面微笑地站起身来,轻捻毛笔,饱蘸墨水在红纸上写字。过年写春联,是他家里最热闹到时候,大家能看到他慢腾腾地俯下身子,从早写到晚。

唐庚申写字慢,走路慢,吃饭也慢,人送绰号"慢镜头"。村里人抬杠,争持得面红耳赤,证明自己见多识广。

这时候有人问,谁见过唐庚申跑步?

你看我,我看你,一个个没了声息,摇头。

1968年秋天,造反派要烧掉唐庚申收藏的封建流毒。造反派先是按住他,刮掉他的胡子,然后把一摞摞的书搬到院子里,堆得像小山一样,浇了汽油,火焰冲天。

坐在书房里一言不发的唐庚申,慢慢站起来,猛地扑向火堆。从来都是慢腾腾的他,这个动作快得让人难以想象。等人们反应过来,从火堆里把他拉出来,他已经奄奄一息了。

七品老颜

我在元城县徐街乡卫生院上班时，在一墙之隔的乡政府食堂搭伙吃饭。那年，从上边调来一个管民政的干部，姓颜。

这老颜大有来头，原是测绘学校毕业，被安排到市测绘局工作，后来下派到县里，谁也不要，一直被踢回老家徐街乡。老颜50多岁了，县处级干部，高高的个头，瘦瘦的身材，秃秃的头顶，走路总是低着头，耷拉着脸。因为他跟县长一个级别，大家就喊他七品老颜。

有一次排队打饭，老颜排在前面。可是后面每来一个人都要加塞，轮到他，大师傅敲着菜盆，只剩菜汤子了。我悄悄说，这不是欺负老颜嘛。有人哼了一声说，欺负他，活该，谁领结婚证他也不给面子。

元城流行早婚，不到年龄的都是托门路、找关系，领导也是睁一眼、闭一眼。

听说老颜办事儿认真，我办结婚证的时候就格外小心，特意带了一条好烟。我敲开他的办公室，他查我的户口本，根本就不买账，说还差三个月不到年龄，过三个月你再来吧。我说，通融通融，不就是三个月吗，以前差三年还能办呢。

老颜说，别人办，我不能办。说完就不再看我。

我很生气，揭他的伤疤说，怪不得别人都是向上升，你却向下滑呢。

老颜看看我，哼一声，冷笑着低头看报纸，不再搭理我。

碰了一鼻子灰，我去找乡长帮我找老颜说情。乡长苦笑笑说，这个老颜，太死板，我也拿他没办法。

没想到自己被一件小事儿卡住了，我闷闷不乐，出门碰到七叔。七叔是杀猪的屠户，肉铺就在乡政府斜对面。七叔拍着胸脯子说，我让他老颜来求我。

老颜上班骑着自行车，要经过七叔的肉铺。这天一大早，老颜过来了，七叔隔窗户把一只半死不活的老母鸡扔到老颜的车轮下，然后跑出来，揪住老颜的衣领子说，轧死了我的鸡，赔钱！老颜倒是很镇定，说你就是镇关西吧？七叔说，什么镇关西？快赔我的鸡！

老颜叹口气说，好好好，赔你鸡。说着话，从口袋里掏出来10块钱。

七叔瞪着眼说，我这是美国进口的种鸡，200多块钱呢。

老颜说，你这不是坑人吗？

七叔的脸色忽然阴转晴，一副恍然大悟的神色说，哦，老颜啊，自己人，自己人，不要你赔了。说着话，笑眯眯地把老颜拉一边说，我正要找你呢，我侄子办结婚证，你给扣个戳吧。

老颜沉吟一下说，你侄子就是卫生院的小赵？

嗯嗯。七叔使劲儿点着头。

老颜从口袋里掏出200块钱扔给七叔，笑笑，骑上车子走了。

这家伙软硬不吃！七叔手里攥着杀猪刀子，望着老颜的背影发呆。

今年春节前，有人敲我办公室的门，原来是老颜。老颜给了我一张自己绘制的地图说，我退休了，在家里没事儿，闲下来就画徐街乡地图。

我打开一看，花花绿绿，还挺像回事儿。红色的线条是大街小巷，蓝色的是河流，绿色的是森林，有乡政府、卫生院、信用社、邮局、学校，还有各个门市部，七叔的肉铺，甚至谁谁家都标出来了。我扑哧笑了，说这可是历史上第一张徐街乡地图啊！老颜，你是不是吃饱饭撑的啊？

老颜没有笑，也没有回答我，说，你慢慢看吧，我还要送给各个部门呢。说完就转身走了。

送你一串红灯笼

张冒烟

小时候，张冒烟是孩子王。

有一次中午，太阳很毒，街上的人都躲在树荫下纳凉。泥鳅一样的张冒烟从池塘里爬出来，穿着小裤衩，肩上搭着手巾，两个手指并拢，含进嘴里，一声呼哨，就有几个孩子从树荫下跳出来，跟着他去田里偷瓜。

他们悄悄靠近一块瓜田，俯下身子，学着电影上解放军战士偷袭的动作，进了瓜田。突然张冒烟肩上冷不丁地挨了一巴掌，张冒烟抬头一看，竟是二叔。

二叔是村长，是个跺跺脚四面八方都掉土的人。二叔的狠是出了名的。有个人轧死了二叔的一只鸡，二叔挡住道，给钱不要，赔礼不饶，硬是让这人从自家提来一只老母鸡才算了事。

二叔拧着张冒烟的耳朵说，你是小孩子，我不打你，回家让你爹来见我。

爹一听，气得直跺脚，孩子啊，你咋偷他的瓜呢，哎呀呀，这一回闯大祸了。

爹两条腿发抖，拉着张冒烟去给二叔道歉。二叔坐在太师椅上不抬头，也不说话。爹给了二叔一支烟，二叔接了，爹就让张冒烟给二叔点烟。张冒烟划着了火柴，二叔却不点烟，就这样一直耗着。火柴燃尽了，烧到张冒烟的手指了，甚至能听到火柴烧到皮肤的滋滋声，张冒烟一直不动，等着二叔把烟伸过来。

二叔嗅到了肉皮被烧焦的味道，害怕了，一下子没了定力，没了威风。看一眼张冒烟，张冒烟举着火柴的手指一动不动。二叔忙把头伸过来，吸一口，把烟点燃了，张冒烟才慢腾腾地甩一下手指。

二叔从太师椅上站起来，笑着把爹拉一边说，你这孩子了不起，将来要当司令的。

爹的眼睛睁得像鸡蛋，不明白一个小孩子让二叔都害怕呢。

张冒烟的一个邻居在城里上班，每次回家前呼后拥，很风光。张冒烟就发誓要当一个像邻居一样的人，衣锦还乡。可是张冒烟念了两年书，父亲就不让他上学了，只好赶着羊去西北地。19岁那一年秋天，村里来了带兵的。他要去当兵，他要扛枪打仗，就扔下牧羊鞭，缠着来村里带兵的部队干部。部队干部不答应，他就坐在部队干部的门口，晚上也不回。第二天天亮，部队干部看着守了一夜的张冒烟，摇晃着脑袋说，我真是拿你没办法。

送你一串红灯笼

就这样，张冒烟去当兵了。

张冒烟到部队上，被分去开山放炮。手握了三年钢钎，被磨出了一层老茧。

复员回家，张冒烟心里不甘，就养猪，办了一个养猪场。村里人就笑他，村里好多养猪的，全赔了钱，你能行？

大雪天，都在围着火炉子猫冬。张冒烟的母猪要下崽，张冒烟就把被子抱进猪圈里，给母猪接生。猪病了，他伺候猪，大家都笑他，说张冒烟跟母猪过上了。

他还买了几本书，天天看。三年下来，他的养猪场有了规模，挣了钱，买了车，盖了房子，也娶了媳妇。

村里人羡慕他，跟着他学养猪。他的养猪经验一点儿也不保留，传授给村里人。大家喊他猪司令，推举他做村长，接替退下来的二叔。

阮所长

阮所长到沙圪塔派出所上任第一天，发现有个老汉蹲在派出所门口。阮所长就问，这老汉是干啥的？民警小田说，告状的，不走，为一件鸡毛蒜皮的破事，没人管。

阮所长说，老百姓哪有什么大事，大官办事也不找咱啊，咱处理的就是小事。你看着是小事，放在这老汉身上就是大事。去把他喊进来。

老汉说，他被村长打伤了，住医院花了2000块钱，可是村长仗着表哥是县里的副局长，一分钱也不给我。我挨打花钱，哪怕村长给我200块钱也算是给我面子，否则没脸见人啊。

阮所长就给村长打电话。村长说，阮所长啊，回头我请你吃饭，但是包赔那老汉绝对不可能。阮所长急了，你不是仗着你表哥？我马上跟你表哥打电话，让你表哥来处理。

村长一听就害怕了，说别别别，你说让我包赔老汉

送你一串红灯笼

多少？

阮所长说，人家花了2000元，一分不能少。

过了几天，老汉托着一块木匾来找阮所长，木匾上雕刻着"包青天"三个金字。

送走老汉，民警小田问，阮所长，把这块木匾挂在哪儿？阮所长笑笑说，当包青天也太容易了，我看啊，还是放到床底下吧，免得让人笑掉大牙。

阮所长去县城，在大街上遇到一个歹徒提着刀子跟一个女人拼命，吓得围观的人四散逃窜。阮所长大喊一声住手，歹徒愣一下，竟然把刀子指向阮所长说，你不要多管闲事。阮所长眼睛一瞪，大声说，还掂着刀子啊，来，有本事冲我来。我是在执法，你捅死我是违法，要判刑；我是执法者，被你打死了是英雄。你如果敢捅我，来吧。

歹徒被阮所长一席话震慑住了，扔了刀子，坐在路边哭起来。后来审问才知道，他是一个逃犯，走投无路到商店抢劫。

那女的就是商店老板。为了感激阮所长的救命之恩，女老板买了两条香烟送给阮所长。阮所长说，你如果听我的，就把香烟退掉，换成食盐，够你们一家人吃一年。你如果送给我，就我这大烟鬼，几天就抽完了，不合算。

电视台记者采访阮所长。面对拿着刀子的歹徒，你是怎么想的？

阮所长说，咋想的？我也害怕啊。那天我穿着警服呢，不能跑，跑了会让群众笑话。

91

秦不昧

秦不昧上街宣传他的路不拾遗夜不闭户。老父亲掴了他一个嘴巴，跟在他身后骂道，老子辛辛苦苦培养你个龟儿子读书，书读多了，倒是变成了精神病。还路不拾遗，你丢个东西试试，转眼就被人捡走了。

秦不昧捂着火辣辣的半边脸，瞪了父亲一眼，径直向外走。

老父亲疾走几步，拦住他的去路说，那都是几千年前的老黄历了，如今社会进步了，时时刻刻要防贼呢。

秦不昧说，社会进步了，更应该路不拾遗夜不闭户。

老父亲说，城里人都安装了防盗门。

秦不昧说，关键是需要互相信任。

老父亲说，你相信贼，贼可是盯着你。

秦不昧我行我素，天天上街宣传他的路不拾遗夜不闭户。为这事儿，他晚上敞开大门，早上一看，家里的羊不见

送你一串红灯笼

了,拴羊的绳子还在,气得老父亲捶胸顿足。秦不昧说,不要生气,总要有些牺牲,走出第一步,以后就好了。我要做表率,打造一个路不拾遗的和谐社会。

每天晚上,秦不昧依然是"夜不闭户"。老父亲拗不过他,抱着被子在门洞里睡觉。

村里人说,秦不昧读书读成精神病了。

秦不昧每次捡到东西都要送还失主。秦不昧说,你捡到了东西,送归失主,你丢了东西,也会有人送给你。

可是村里仍是有人丢失东西,有一次秦不昧也丢了东西。

秦不昧叹了一口气说,看起来,我真的要费一番功夫来改造这个世界了。他拿出自己的积蓄,设立拾金不昧奖。谁捡了东西,交还失主,他就奖励给一百块钱。

告示贴出去,大家哈哈笑。

张三推着一辆自行车来找秦不昧说,秦不昧,我捡了一辆自行车,你奖励我一百块钱吧。秦不昧说,别急,我要先找到失主,失主一定很着急。

李四一溜小跑过来说,自行车是我的。

秦不昧从口袋里掏出一堆零钱,数数,只有九十九元。秦不昧说,差一块钱,你先拿着。

秦不昧又对李四说,你把自行车骑走吧。

过一会儿,门外打起架来。秦不昧出去看,是张三和李四。张三打得李四头破血流。秦不昧很生气,打了报警电话。

警察跟秦不昧说,你搞什么鬼名堂,不是你,张三和李四还打不起来呢。秦不昧一头雾水,他们打架碍我啥事儿?

警察说，张三和李四听说你设立什么拾金不昧奖，故意设套子，就说张三捡了李四的车，说好了奖金二一添作五。结果你只给了九十九元，两个人分不平均，谁也不想少要一块钱，就打起来了。这事儿你要负责任，受害人李四的医药费由你来赔偿。

秦不昧说，我冤不冤啊？

警察说，你如果不设什么奖，能有这事儿？精神病！

我精神病？秦不昧气得说话都颤抖了。

秦不昧气哼哼回家来。一进家门口，好多人在等他，这个说捡了一块手表，那个说捡了一个手机，还有的说捡了一条毛巾、一只鞋、一个书包……

大家围拢过来，麻雀一样叽叽喳喳，说等着领奖金呢。

吓得秦不昧落荒而逃。

查宝贵

查宝贵家住元城城北查桥镇。查宝贵的名字叫宝贵,其实一点也不宝,一点也不贵,倒是很落魄,用元城的话说,查宝贵是个"疵毛"的家伙。"疵毛"是元城方言,很差劲、很笨蛋的意思。外地人听不懂,元城人也不挑破。

查宝贵是我的发小,曾经睡过一个被窝,一起上树掏鸟蛋,一起下河捉鱼。后来我们一起办诗社,写诗歌,要当诗人。可惜的是,我们谁也没有成为诗人。

查宝贵个子小,长相猥琐,脸上散布着"蝇子屎",30岁了还打着光棍。

去年,元城的一个公司搞企业文化,聘我去上班。我有了自己的办公室,简直是一步踏进天堂。查宝贵听说了,缠着我,要到我的办公室来看看。

走进我的办公室,查宝贵说,你小子风不刮、雨不淋,冬暖夏凉,还有工资,美死你。我给他泡了一杯茶说,我还有事儿跟老板汇报一下,你先坐着看看书,今天中午我请你吃元城扣碗。

我的办公室跟老板隔壁。我汇报完,还要到厂区看看宣传牌挂好了没有。我看完回来,刚要敲门,听到老板办公室里有查宝贵的声音。

查宝贵说,老板,让我也跟着你干吧,想当年我和赵大头办诗社,我是社长,他才是副社长。你让我来上班,我肯定比他干得好。老板笑笑说,你的意思是让我把赵大头辞了,换你?

查宝贵说,也不是那个意思,我是说我肯定要比赵大头干得好。

老板说,你让我考虑考虑再说吧。

我心里一下就开了锅。查宝贵啊查宝贵,看你一副老实相,背后还搞这一套。转念又一想,也没必要说破,毕竟是多年的伙伴,想办法把他打发走,以后少来往就是了。

我转身又去厂区转了一会儿。

我推开我的办公室,只见查宝贵在翻我的抽屉。他看见我进来,下意识地哆嗦一下,涨红了脸说,我看看你抽屉有什么秘密,是不是有美女的照片。

我心里说,请你吃元城扣碗?还请你吃嘴巴呢!我生气,但是我装作若无其事的样子跟他说,不好意思啊,我有急事儿马上要出去,中午不能陪你了,你在我办公室待着吧。

我出来,径直跟老板请假,去逛商场了。

晚上回到办公室,查宝贵已经走了,给我留下一张纸

送你一串红灯笼

条,说回家了,这次来很有收获。

从此我对他没了好感,见面打个招呼而已。

冬天,我得了肺炎,总是咳嗽,吃药打针不见好转。一个乡村医生给我找一个偏方,用枣牛,香油煎炸,晚上睡觉前吃下。枣牛是一种昆虫的巢,像个茧子一样,挂在高高的枣树梢上,很难找到。我仰着脖子,费了半天劲才找到三两个。

查宝贵自告奋勇说,我给你找吧。

晚上,妻子告诉我说大事不好了,查宝贵上树给你找枣牛,摔下来,伤了腿,送医院了。

我跑到医院去看望查宝贵。我说,都怪我,你的医疗费由我来出。查宝贵说,咋能怪你呢,给你找枣牛,是我自愿的。

临走我留下一千块钱。

过一段时间,查宝贵来我家,把那一千块钱退还给我说,你这不是打我的脸?

他一瘸一拐地走了,我望着他的背影,心里五味杂陈。

文人老唐

　　老唐长得黑黑的，瘦瘦的，个头也低，小眼睛。他的老婆田禾秀长得高高的，白白的，大眼睛，比老唐小六岁。能娶到这么年轻漂亮的老婆，父母刚开始也不相信，说根本就不配。老唐偷着乐，说这都是沾了写文章的光。他在市报发表了几篇散文，文学青年田禾秀经常拿着自己的诗稿让老唐帮着修改，改来改去，摩擦出了爱情火花。

　　婚后，田禾秀才醒悟，作家也是人，也要过日子。老唐木讷，在单位混得风平浪静，天天写材料，升官是没有希望了。以前看老唐，咋看咋好，如今再看，笨蛋一个，田禾秀感觉自己被骗了。好在老唐有一份工资，撑不死也饿不着，蔫蔫的日子，将就着过吧。

　　单位鼓励写作，有个内部规定，在市级报刊发表作品的，奖励稿费的三倍，省级四倍，国家级五倍。到月末，拿着稿费单子，经过办公室主任审阅签字，到财务科领钱。这

送你一串红灯笼

倒是给老唐打开一条财路，每天晚上把自己关在屋里写。

有一次田禾秀跟着朋友逛商场，一件看上眼的衣服标价七八百块，这需要老唐好几篇作品呢，就没舍得买。物价上涨，老唐的工资却不涨，让田禾秀着急上火。晚饭后，老唐看电视，田禾秀夺过遥控器，拧着老唐的耳朵说，你写啊，写啊。老唐黑着脸说，你当写文章像你们老娘们儿生孩子啊？

为了让老唐多写稿子，多挣钱，田禾秀就替老唐誊写，还帮老唐糊信封。后来田禾秀省吃俭用买了电脑，自己学上网，帮着老唐用邮箱投稿，效率提高了。可是老唐的发稿量还是有限的，稿费撵着物价跑，总是超越不了。

田禾秀回娘家，听说本家侄子在北京一家报社工作，眉头一皱计上心来。田禾秀就跟老唐要钱，说让你的钱下崽呢。老唐不解，说你可别买彩票啊，我不相信自己的运气。田禾秀说，你等着吧，这下发财了。

过几天，稿费单子雪片一样从北京寄来，让老唐一头雾水。田禾秀说，这下你服劲了吧？这都是我让北京的侄子以报社的地址给咱寄来的。我先把钱寄给他，他再给咱寄回来。钱，还是咱的钱，拿到你单位不就翻了五倍？

老唐听呆了，好久才回过味儿，说，真有你的，这可是犯罪啊。

田禾秀嘎嘎笑，去你的吧，胆小鬼！如今的贪官一抓一大把，几千万都装自己腰包了，就你这点稿费算个啥啊！

老唐扶扶眼镜，擦着头上的汗说，可别露馅了，可别露馅了。

办公室刘主任挺羡慕，说，老唐你行啊，稿费比工资还

99

多。财务老杨也说，啥时候我也跟着你老唐学写稿啊。

时间长了，刘主任心生窦疑。有一次下班的时候，他拉住老唐说，老唐，你小子是不是跟我玩猫腻？北京的报社是你家的？回头你把发表你文章的报刊拿给我看看。财务老杨在一旁说，你小子发财了，必须教我如何挣稿费。

老唐哭丧着脸跟田禾秀说，坏菜了，露馅了，刘主任这一关过不去了。你说你，害得我以后咋见人啊。

田禾秀没说话，拿了一沓子报纸去找刘主任，摊开报纸说，你不是要看报纸？给，你看去。不过我先告诉你，我们家老唐发表文章，用了几十个笔名呢。你看，这个，这个，还有那个，都是老唐的笔名。

刘主任神秘地笑了，说你可瞒不住我，我给报社打电话就全清楚了。

田禾秀没想到刘主任还有这一手，真是道高一尺，魔高一丈。但是田禾秀不服输，跟刘主任说，我们家老唐的领稿费奖金，也不是你家的钱，是单位的奖励措施，你硬是要插一杠子，我也没办法。这样吧，以后的稿子署上你的名字，奖金与你平分，咋样？

刘主任目光直了，声音软了，微笑着说，公家的钱，我也没说跟老唐过不去啊。

回到家，田禾秀拍一下桌子，高声大嗓地说，老唐，你写吧，我帮你摆平了。

可是，老唐却写不出来了，说太累了，还不如到夜市上练摊卖菜。

谢老扭

在元城，谢老扭是个怪人。

谢老扭原名谢有才，二十世纪六十年代毕业于北京的一所大学美术系，酷爱抽象画。由于和海外有联系，"文革"初期就被打回老家，在元城文化馆打杂。有一次被请到水库去，在数十米高的大壁墙上画伟人像，不慎把一团黑墨溅到伟人像的脸上，被人从脚手架上拉下来一顿暴打，一条腿就再也伸不直了，走路一扭一扭的。元城人不再叫他谢有才，为他取了这谢老扭的诨号。

谢老扭下班回家画画，画些外国女人，还画一些花花绿绿的，像什么又不像什么，让人看得一团雾。元城人有的建房子，慕名请他在影壁墙上画关公，或者画些花鸟，谢老扭不去。再催，就转身拿一把菜刀说，你杀了我吧。来人哼一声走了。

退休以后，谢老扭迷上了画驴，还买了一头小毛驴，观察小毛驴的各种神态。他画的驴登上了好多报纸和杂志，还在石家庄办了画展。

有一年大年三十，老婆在院子里上供，把一碗饺子、一只烧鸡摆在神龛前。要烧香，发现没有带火柴，让谢老扭去屋里取火柴。谢老扭正看一幅关于驴的抽象画，头也没抬说你自己去取。老婆说，那你看着狗，别让狗把饺子和烧鸡吃了。谢老扭嘴里答应着，目光却不离开那幅画。老婆拿着火柴回来，狗正吃烧鸡呢。老婆慌忙把狗赶跑了，埋怨谢老扭说，让你看着狗，你咋看的？谢老扭笑着说，这事不能怨我，神仙连一只烧鸡也看不住，竟然让狗抢了去，看来这神仙不配吃。

谢老扭还是元城政协委员，也是最爱提意见的政协委员。城市治理、贪污腐败一提一大堆。领导或者大款想要他的画，他都不画。金源公司老总王德禄想收藏他的画，说不信他谢老扭的画比大熊猫还金贵。王德禄亲自登门请谢老扭去翠云楼吃饭，谢老扭说谢谢了，酒没好酒，宴无好宴，无功不受禄。王德禄没辙了，说请你画一幅画，多少钱随你要。谢老扭脖子一横说，有钱难买不卖的物。

谢老扭在文化馆上班，悠闲自在。周末，除了在家画驴就是去元城西郊的莲花湖钓鱼。谢老扭出门不骑车、不打的，而是骑驴。黑黑的小毛驴头上一缕鲜艳的红缨，脖颈上挂着铜铃，跑起来驴蹄哒哒，叩击着元城的街街巷巷。那毛驴还偶尔叫几声，惹得人们观望。

城管专门找过谢老扭，说都啥年代了，你还骑驴呢。

送你一串红灯笼

谢老扭说，啥年代规定不让骑驴了？有法律规定？有红头文件？城管挠着头皮说你这驴影响市容啊。谢老扭说，这你就不懂了，我这驴低碳环保啊，最多放个屁，二氧化碳排量比起小轿车可是小多了。如果大家都骑驴，城市的环保指数肯定就上去了。

说得城管哭笑不得。

谢老扭还说，谁说我的驴影响市容？在公园门口，好几个老外围着我的毛驴，要和毛驴合影。你看，我的毛驴都成了外交大使了，为提高城市影响力做贡献呢。

城管挠挠头没了主意。

有一天，谢老扭骑着小毛驴边走边打手机，约朋友一起去钓鱼，下午还要参加画展。交警拦住他，敬礼说，您闯红灯了。谢老扭嘿嘿笑，说你看你看，我这交通工具一没有牌照，二没有方向盘，你要罚就罚它吧。说着，把手中的缰绳放到交警手上，掉头就走。

交警愣了一下，追上他又还给他了。交警说，大爷，咱都互相理解，今天就不罚你的款了，你也要体会到我们工作的难处。

谢老扭怔了一下，牵着驴扭头走了。第二天，他给交警队送去一幅画。画的是一匹扬蹄飞奔的小毛驴，精神抖擞，让人忍俊不禁。一侧写了四个苍劲的大字：清风不寒。

笑 杀

叶枯草黄的初冬，一派肃杀景象，我在通向元城的大道上疾走如飞。

说白了，我这一次去元城是复仇，要杀掉一个叫牛二的屠夫。

天空中飞过戛戛雁阵，我不由得抬头望一眼怒卷的乌云，然后抽出腰间利刃。寒光闪过，我仿佛又看到三年前的那一幕。

三年前我还没有进入武林，还是一个自尊心很强的瘪三。三年前的我驾着驴车去东山拉炭，走在车水马龙的元城大街上。驴车吱呀呀唱小曲儿，驴打着响鼻伴奏。萝卜咸菜吃多了，我的嗓子不争气，猛一咳嗽把一口痰吐出来了。那一口黏黏的痰没有落在地上，而是落在一个扫帚眉三角眼的人身上。这人上来就是一通老拳，把一天只吃一顿饭，饿得正心慌的我打得眼前星光灿烂。有人劝他说，算了吧，牛二，人家

送你一串红灯笼

出门在外也不容易。我像一根豆芽菜一样晃了几下，定睛一看，眼前这叫牛二的小子正咬牙切齿地望着我，恨不得要把我吃掉。这牛二，下嘴唇托着上嘴唇，嘴巴是地包天，气急败坏地冲我说，老子新买的鞋，今儿去相亲，你说多晦气。

我弯下腰满脸堆笑地用自己的衣袖子去擦，牛二又揍我一巴掌说，去，你小子还嫌老子的衣服不脏啊？我眼巴巴地望着他说，那咋办？不行你就吐我一脸吧。牛二轻蔑地冷笑说，我才不吐你呢，你伸出舌头给老子舔干净了。

这时候，很多人围上来看热闹。大家齐声喊，舔啊，舔啊。哈哈哈哈哈。

我哭了，跪在牛二面前说，我给您擦干净还不行吗？

不行！牛二的眼珠子睁得像鸡蛋。牛二说少啰唆，老子是杀猪的，还不相信收拾不了你！

众目睽睽之下，我像饮了半碗砒霜。我只得俯下身子，像狗一样伸出舌头把那带着我体温的浓痰舔得精光。

这一幕，整整在我的脑子里回放了三年。此时，我感觉胸中一团火在燃烧。

我攥紧了腰间的利剑。

正午时分来到了城北门，两侧商幌飘飘，人群熙来攘往。我一阵口渴，不妨先喝口茶，然后再去杀屠夫牛二。

茶馆主人是个老妪。老妪端上来一壶茶，笑眯眯地说，客官从哪里来，怎么一脸的杀气？

我不禁一怔，心想她怎么看出我一脸杀气？

老妪面慈，笑眯眯的样子很像疼爱我的外婆。过一会儿，元城就要血溅高楼，尸滚大街，我哪里还顾得上多想。若不是这老妪笑眯眯地让我觉着温暖，我恨不得先杀了她祭刀。

一阵风吹来，扬尘迷了我的眼睛，我把眼睛揉得通红。

老妪说客官别动，趔身回到屋里拿来一团棉花，然后从脑后的发髻上取下一个银簪。我警觉地说，你想干什么？老妪依然笑眯眯地说，你迷了眼，我给你把沙尘取出来。老妪小心翼翼地用银簪把我的上眼皮翻开了，凉丝丝的，又一次让我想到外婆。以前迷眼了，外婆也是这样给我翻开上眼皮，然后用棉花把沙尘擦去。

老妪用棉花轻轻一拭，说，客官，你试试，感觉咋样？

我眨巴几下眼睛，沙尘没了。我感激地冲老妪一笑。

三年来，我还是第一次笑。

老妪说，你笑的样子真好看。

是吗？我又笑了一下说，你为什么一直对我微笑？

老妪又说，客官是个好人，只是眉宇间有一股杀气，你这一笑，杀气消了。这微笑就像果子，你种得多，收获的就多。你想得到微笑，首先就要先种植微笑。

我端起茶一饮而尽，站起来冲老妪抱拳，下意识地用手去攥腰间的宝剑，准备转身告辞。谁知我的手摸空了，不禁大惊失色。宝剑呢？一个武林高手怎么能把宝剑丢了？

老妪微微一笑，手指远处的一棵杨树说，客官你看。

我顺着老妪的手指望去，只见远处的杨树梢上插着一把宝剑。

我大骇，跪在老妪面前。

送你一串红灯笼

目 光

我像一个皮球,被继母的骂声踢出了家门。

走在元城大街上,仰头看一下刺眼的阳光,我觉着眼前的一切熟悉又陌生,甚至可恶。我忽然想起了阿强,此时此刻,如果阿强在我身边就好了。

我决定先凑够1000块钱,然后离开元城,永远离开这个家。怀念阿强,我抽完一支烟,上了33路公交车。以前,33路车是阿强的地盘,阿强就是在33路车上出事的。

走了几站,上来一个挂拐杖的老人,脸上像是贴了一层枣树皮。车里没有座位了,也没人给他让座。随着车的摇摆,我用眼角的余光看到老人一个趔趄,就伸手去搀扶,然后把我的座位让给他。我说,老人家,您坐我这里吧。老人的脸上笑得像一朵干枯的菊花,不停地点头,跟我说了一连串的谢谢。

老人坐下来,嘴却不闲着,问我到哪里下车。其实,我也不知道要去哪里，我就胡乱告诉他到陈庄。他的眼睛一亮，说小伙子你还得帮我一个忙。我说我能帮你什么？老人说，陈庄有个陈老头，在村口摆了一个烟酒摊，麻烦您把这个东西捎给陈老头。说着就从口袋里掏出来一个纸包递给我。

我一时不知道该怎么回答眼前的老人。我说你这个纸包里不会是别的东西吧？

我的话不是没道理。有朋友在火车上给陌生人捎东西，被查出来是毒品，有嘴也说不清。

老人好像看出了我的心思，说你打开看看。我打开，竟是一沓子钱。老人说，这是我欠陈老头的两千块钱，麻烦您带给他，老朽先谢谢你了。

不好再推脱，我极不情愿地接过来那包钱说，素不相识，你就不怕把你的钱带走啊，骗了你咋办？

老人笑笑说，小伙子，你不会骗我的。

我说你不认识我，咋知道我不会骗你？

我信任你。老人说，从你的目光里能看出来，你是个好人。

我心里一热，好像自己一下子光芒万丈了。长这么大，还是第一次有人说我是信得过的好人，第一次有人给我这样的奖励。

老人站起来，笑眯眯地拍拍我的肩膀说，小伙子，我该下车了，拜托你了。

到陈庄村口一打听就找到了陈老头的烟酒摊。我把那包钱送给陈老头时，陈老头说，是张老头给你的吧？我说我

送你一串红灯笼

不知道是张老头还是李老头,他让我把这包东西送给你。说完,我转身欲走。陈老头喊我,年轻人等一下。

我脑海里一声巨响,犹如惊雷。

陈老头像讲故事一样说,张老头的儿子死了,儿媳妇跟人走了,他带着孙子阿强过日子。几个月前,阿强在33路公交车上掏包被便衣警察发现,慌乱中又捅人一刀,被判了六年。

我心里咯噔一下,不由得用手去摸口袋里的50元钱。我疑惑地问,那他为啥让我转交给你这包钱呢?

陈老头说,张老头每天都在33路车上。你偷他钱的时候,他就已经知道你了。实话告诉你吧年轻人,我和张老头都是干这一行的,论辈分是你的祖师爷。我俩从监狱出来就发誓洗手不干了,一起摆了这个烟酒摊。

我从口袋里掏出来那50元钱,却变成了一张纸,上面画着张老头,正在冲我笑。

青青园中葵

闪过年，春风一吹，草芽儿争相拱破土层，田野上很快就绿了。满头银丝的老校长心里像个不安分的娃，左一下，右一下，在校园里撞来撞去。

这是一所乡村中学。老校长刚来这里的时候，还是年轻的小伙子，几十年的光阴把他的满头乌发染白了。学生走了一茬又一茬，泥土垛起来的教室变成了高高大大的教学楼。

老校长已经办了退休手续，今天是最后一天上班。他站在一个教室的窗前，隔着玻璃向里面观望，教室里鸦雀无声，四十八个小脑袋像一颗颗顶着朝露的向日葵。老校长心头似有清泉倏然流过，眼睛眯成了月牙儿。

儿子也是从这所学校走出去的，如今是县里的教育局长。儿子要老校长退休后到县城住。老校长说住不惯你们的楼房，儿子就给老校长买了一座四合院。

老校长望着校园，不由得摘下眼镜来擦拭泛潮的双目。

送你一串红灯笼

有一伙人来送他,是学校的全体教师。一个女教师说,老校长,我们都期待着您常回家来看看。老校长有些哽咽了,像孩子一样使劲儿点点头。他记得这个女教师曾经是他的学生,如今要接替他的位置了。

来到城里,老校长对儿子给他安排的小院很满意。如果老伴儿还在该有多好。老伴儿也是教师,脑溢血,倒在讲台上,再也没起来。

忙碌习惯了,如今陡然闲下来,老校长感到有些无所适从了。沏一壶茶,看书,或到院里走一走,晒晒太阳,百无聊赖的时候到街上游荡。街上有一所学校,老校长隔着大门看到欢跳的孩子,脸上的皱纹就会荡漾开来。

夜里睡不好,总是梦到学校。有一天夜里竟然听到上课的铃声,他醒了,好像是年轻了好几岁,披衣下床,推开门才知道是在做梦。老校长再也不困了,在院里散步到天亮。院里空空的,他忽然有了一个想法。

他把院里的地砖揭开了,开垦出一片田地来。儿子说,爸,你疯了?他说,我才不疯呢,我要种向日葵。儿子依他,说,这倒不错,只要你高兴,爱咋就咋。

种向日葵,老校长有经验。在学校时,他办公室门前种了一行向日葵,像一个个可爱的孩子摇晃着脑袋,又像一队列阵的士兵行注目礼。

阳光一副慷慨的样子,在院子里游来荡去。老校长忙活一阵子,出了一身细密的汗,干脆把棉衣脱去了,满头银丝在阳光下闪闪烁烁。老校长先把土平整好,到街上的种子门市买回向日葵种子，埋进土里。然后从水管接了水，用洗脸盆端过来，小心翼翼地让向日葵种子和泥土喝水。老校长数过了，一共是四十八棵，正好和一个班级的学生一样多。

夜里，老校长梦到向日葵破土了，绿色的芽儿顶着露珠，转眼工夫长高了，圆圆的花盘像孩子的笑脸，黄色的花瓣儿异常耀眼。老校长睡不着了，悄悄起来，拿着手电去院里看白天种下的向日葵。

还是和白天一个样子。老校长觉着自己被自己耍了一回，低了头嘿嘿笑。

过几天，向日葵真的发芽了，露出了绿色的小脑袋。老校长买来一把花锄给向日葵松土。

向日葵一天天长高了，绿色的叶片煞是喜人，老校长的心也绿了起来，一片葱茏。老校长给向日葵浇水，又像回到了学校。他为这个四合院取名叫葵园。

老校长还为每一棵向日葵都编了号，像上课点名一样，天天数一遍。有一次发现一棵向日葵生虫子了，他戴上老花镜，给四十八棵向日葵从头到脚来了个全面体检。老校长盼着秋天早点儿到来，他要把葵花子分装成一个个小袋子，送给学校的每个老师和每个班级，让每个孩子都能吃到他种出来的葵花子。

这天夜里，老校长又一次笑醒了。

我和老师有约

我常常逃学，语文和数学成绩都不及格，被父亲按在凳子上，巴掌像雨点一样落在我的屁股上。就在我经受痛苦煎熬的时候，武老师来我家，拦住了父亲的胳膊。

父亲气愤地说，这孩子也太调皮了，就知道玩。武老师说，调皮的孩子都是聪明的孩子，傻孩子是不会调皮的。调皮孩子就像一匹烈马，只要降伏了，就是宝马啊。父亲听得一怔，挠着后脑勺笑了，嘿嘿，武老师说得在理。

武老师带我去她家，给我讲故事，一个个神奇的人物在我眼前飞翔。武老师问我，粒粒，你喜欢吃饺子吗？我说我们家好多天没吃饺子了。武老师说，中午咱们包饺子。

我的眼睛一酸，想喊她一声老师妈妈。

吃完饺子，武老师说，粒粒，你画的画儿挺好啊，等你当上了画家，送给我一幅画好吗？我说我喜欢画画，可是我能当画家吗？我爸说再也不让我瞎画了。武老师说，你现在还不行，20年以后，一定能成为画家。我睁大了眼睛看着她。她说，不信？咱们拉勾，20年以后，我等你给我画一幅大大的肖像，挂在屋子里。

武老师伸出手指，和我羞怯怯的小手勾了一下。

武老师又说，你要先学好语文和数学，这些都是基础，就像盖房子，打不好地基，房子就会坍塌的。再说你以后当了画家，请你讲话，有的字你还不认识，会闹笑话的，是不是？

我使劲儿点点头。

武老师说，只要你努力，会把成绩提高上去的，你能做到吗？

我不知道该咋做，甚至不敢去看她的眼睛。

我低着头说一翻开书本就像看到一堆虫子在我脑子里爬，头疼死了。

武老师笑了，你讨厌这些虫子，这些虫子可是喜欢你，不信我教你。你要认真听，每天完成作业，虫子可听话了。就你这么聪明，几天就能赶上去的。不信？咱们拉勾！

我伸出小手，又一次和武老师温热的手指勾在一起。

后来，我的语文成绩上去了，数学成绩也上去了。武老师在讲台上表扬我说，粒粒长大了是要当画家的。还宣布让我负责黑板报的美术设计，正好发挥了我的特长。

考上中学的那一天，武老师说，记住，当了画家一定要先为我画一张像。我说，我会做到的，咱们是拉过勾的。

多年后，我带上画夹去给武老师画像。武老师已经退休了,披着朝霞在院里浇花。

　　武老师!望着满头银丝的老人,我的声音有些哽咽了。她缓缓回过头来,一脸慈祥地打量我一番说,你是粒粒吧?

　　我说是啊,我来兑现我的承诺的。

　　承诺?武老师愣了。我说我答应过你,和你拉过勾,要为你画像啊。

　　武老师哈哈大笑说,你来得巧,今天正好是我的生日,中午大家聚一聚。

　　在武老师的生日午宴上,好多人是我当年的同学。有的说,武老师说我能当医生,和我拉过勾,有的说,武老师说我能当作家,也和我拉过勾。

　　大家叽叽喳喳,鸟儿一样回忆着青葱岁月。望着笑得一脸灿烂的武老师,我掏出画笔,打开了画夹。

把钥匙交给小蒙

时光像水一样漫过来,在人生的河道中奔涌。虽然很多事情沉没了,但总会有几个难忘的细节,山一样矗立。

小学五年级的时候,我的临桌周大明有一支红蓝铅笔,画小鸟、画大象,可漂亮了,我们都羡慕他。李小丽从家里偷出来一个苹果掰一半给周大明,周大明才答应让李小丽用他的红蓝铅笔画了一只蜻蜓,把李小丽美得像个凯旋的小公鸡,走路都扭屁股。

我想有一只红蓝铅笔,向妈妈要钱买,妈妈说等卖了鸡蛋才会有钱。我就整天盼着收鸡蛋的小贩。

红蓝铅笔每天晚上都在我的梦里出现。

那天早上第一节自习课,周大明像是忽然被毒蛇咬了一口似的,大声哭起来,原来他的红蓝铅笔不见了。同学们帮他找,书包里的东西全都抖出来了,还是不见红蓝铅笔。这时候,大家火辣辣的目光盯着我,因为昨天是我值日,走

送你一串红灯笼

得最晚。周大明像捞到了一根救命稻草,哭丧着脸问我,小蒙,你见我的红蓝铅笔了吗?

我一下子脸红了。我嗫嚅着说,我没见你的红蓝铅笔。李小丽说,你没见周大明的红蓝铅笔,你怎么脸红了?一定是你偷了。

我没偷!我急得想哭,想找个地缝钻进去。

周大明哭着去找李老师。李老师把我叫到她的办公室,问我,你真的没见到周大明的红蓝铅笔吗?我的头低低的,说没有。李老师说拾到东西要交公,没拾到就算了,上课去吧。

走进教室,同学们都在小声嘀咕什么,用异样的目光看我。周大明不理我,李小丽也不和我玩了。我郁郁寡欢,上课没心思。有一次李老师提问,喊了我好几次,我还低着头不知道喊谁。

我开始逃课了。有一次到河边的小树林里掏鸟窝,被李老师抓住了,把我摁到教室里。李老师走上讲台,拿着一支红蓝铅笔说,同学们,周大明同学的红蓝铅笔丢在我的办公室了,现在我交给周大明同学。

大家鼓起掌来。

李老师又宣布了一件事,说从今天开始,把钥匙交给小蒙。

我似乎不敢相信自己的耳朵。在我们学校,教室的钥匙就像权杖一样,只能交给全班最信任的人。谁拿着教室的钥匙可是至高无上的荣誉,每天要第一个到学校来开门。一般来说，除了班长和班主任，谁也没有拿钥匙的资格。

直到班长很不情愿地把钥匙交给我的时候，我才相信这是真的。

下课了，李老师笑眯眯的跟我说，小蒙，祝贺你。大家信任你，也希望你以后第一个到学校，尽到一份责任。

嗯嗯。我使劲儿点着头。

后来，我再也没有逃课掏鸟窝，总是第一个来到学校，打开教室，开始学习。李小丽开始和我套近乎，周大明也和我一起踢毽子。

考上重点初中的那一天，我走进李老师办公室，拿出一支红蓝铅笔说，老师，我捡到的铅笔，交给您。

李老师愣了一下说，送给你吧，你每天第一个到校，这是对你的奖励。

我喊一声李老师，泪水就不听话地涌出来了。

送你一串红灯笼

凤子姑

听娘说有一次凤子姑抱着我,我撒了凤子姑一身童子尿。在我们这里,小孩子尿了谁一身,那是谁的福分,晚年注定要得到这个小孩子的照顾。

小时候,我就成了凤子姑的尾巴,整天跟在凤子姑身后。

有一天下午,公社的放映员驮着放映机来我们村打麦场上放电影。我们一群小孩子高兴得像一群麻雀,不等天黑就叽叽喳喳回家搬板凳占一个好地方。我当然要把这件事情告诉凤子姑了,我还要坐在凤子姑的腿弯上看电影呢,看累了拱在凤子姑的怀里睡。我喜欢凤子姑身上的香胰子味儿。

凤子姑,凤子姑,今晚有电影。我推开凤子姑家的大门,就见凤子姑的爹,老黑爷坐在院里抽旱烟。凤子姑在厢房里,眼睛红红的,潮潮的,我怔住了。

凤子姑揉揉眼睛,拉着我的手说,小星,快去吃饭吧,给姑占个好地方。

嗯。我有些陌生地望了凤子姑一眼，小猴子一样跑回家。

我跟娘说，我见凤子姑哭了。娘说小孩子不要瞎说，吃你的饭吧，过几天是你凤子姑的大喜日子，娘带你去吃席。

天一黑，打麦场上人头攒动。电影还没有开始，凤子姑坐在我搬来的板凳上，一只胳膊揽着我。我说，凤子姑，我不吃席，我也不要你离开我。凤子姑笑了，说傻孩子，姑咋能舍得离开你呢。我说你不许骗我，凤子姑说，小星听话，明天姑给你逮蚂蚱回来烧着吃。

我一听就高兴了。我喜欢蚂蚱，特别是拿回家放到娘做完饭的灶膛里焖一焖，焦黄色透着一股香气。我说凤子姑你说话算话？凤子姑把嘴巴压在我的耳边说，姑啥时候骗过你啊？不过今晚你得替我办一件事情，把这个东西给四柱子。

凤子姑把一张纸条塞到我手里，悄悄说，不许告诉任何人，不然的话明天就不给你逮蚂蚱了。

我吸吸鼻子说香胰子味儿真好，然后点点头就去找四柱子。

我在人群里钻来钻去，一只大手伸过来摁住我的头，我一看是老黑爷。我说老黑爷你见四柱子了吗？老黑爷说你找四柱子做啥，小心跑丢了让狗叼去。我又问老黑爷，凤子姑还要我吗？老黑爷说，你凤子姑才不要你呢，你是小屁孩。我一听就哭了，把纸条丢在地上，用脚踩。我说那我才不为她送纸条呢。老黑爷说，小星别哭，爷爷明天给你逮蚂蚱玩，逮个大青头，再逮一个大蹦豆。

老黑爷把我俘虏了。我没有回到凤子姑身边，凤子姑出嫁时我也没有去吃席。不知是什么原因，我不敢见凤子姑，只顾在家哭鼻子。老黑爷连一只蚂蚱也没有给我。

后来听娘说凤子姑被男人打了，住在娘家不敢走。我果然就看到凤子姑了。凤子姑坐在老黑爷的大青石上，抱着一个娃子喂奶。凤子姑的大辫子不见了，留着齐耳的短发，脸黑黑的，远远地喊我说，小星小星，又长高了。

说不出是胆怯还是陌生，我看了凤子姑一眼，扭头就跑。

一晃三十多年过去了，我已是一家公司的老总。闲暇，忽然想起凤子姑来。

一路颠簸找到凤子姑的家，锁着门，邻居说她去放羊了。

终于在村外见到了凤子姑。一个白发老太婆牵着两只羊，身后跟着一个流鼻涕的傻儿子，袖着手。

凤子姑！我喊一声，眼睛开始发酸。凤子姑打量我一下，满脸沟壑舒展开了，说你是小星啊。

凤子姑，你还能认出我？

凤子姑拉扯着拴羊的绳子说，你这孩子，扒了皮，姑也认识你。走，回家，给俺侄子做饭去。

我说凤子姑，你跟我进城吧，我养你。我的童子尿可是撒到了你身上，你就该我来养。

凤子姑说，小星出息了，姑高兴。姑在家好好的，哪儿也不去。

我拿出一沓子钱给凤子姑，凤子姑推搡着，说啥也不要。凤子姑说，不愁钱，卖一只羊就够我们娘俩过年了。

我把一沓子钱悄悄地塞进凤子姑的枕头下。

我吃了凤子姑做的饭。临走，凤子姑说，姑也没有啥好东西送你，这是自家树上结的枣，姑的一点心意，你要是心里有我这个姑，说啥也得拿去。

回家打开那包枣，妻子愣住了，那一沓子钱躺在红红的大枣中间。

林老师

不得不承认我是班上最调皮的男孩子。曾经有好几个老师让我气得哭鼻子,然后跑到我家去告状。当老爸挥起手中的棍子的时候,我已经像兔子一样跑得无影无踪了。

能逃到哪里去呢?我坐在郊外的河滩上望着天空发呆。

上四年级的时候,林老师做我们的班主任,降服了我这匹"野马"。

林老师的左眼塌蒙着,睁不开。当她做完自我介绍,走下讲台的时候,我喊了一声"独眼龙"。同学们哄堂大笑,笑得眼睛出水。林老师脸上红一阵、白一阵,捂着脸跑出教室。过一会儿,校长铁青着脸进来冲我一声吼:王小蒙,从现在开始,你可以回家了,让你老爸到学校来。

老爸把我摁倒在板凳上,抡起大巴掌,雨点一样向我屁股上落下来,疼得我像挨宰的猪一样大声嚎叫。突然间,老爸的手掌抽筋一样凝固在半空,我悄悄扭过头一看,心里咯噔一下，原来是林老师拦住了老爸的胳膊。

要不是林老师来了，老爸不变本加厉把我屁股打烂才怪呢。

老爸说，别拦我，我打死这个小崽子。

林老师把我扶起来，抚摸着我的头说，疼不疼？我嗅到了林老师身上有花朵一样香香的气息。她的手热热的，软软的，光滑得像一条鱼。我趴在她的怀里哭了。林老师跟我老爸说，你看，小蒙知道自己错了，你就别打了。老爸用刀子一样的目光狠狠地剜了我一眼，又满脸歉意地笑着给林老师让坐。林老师说不坐了，我是来喊小蒙上学的。

林老师牵着我的手向学校走。我吸吸鼻子，嗅着林老师身上的花香。林老师问我，你想知道老师这只眼睛是怎么看不见的吗？我抬头看她一眼，又迅速收回目光，把头低下。林老师说是一个学生用弹弓射伤了她的眼睛，本来是可以看好的，但是需要一大笔医疗费。

我嗫嚅着说，林老师，我错了，不该讥笑你，我以后改掉调皮的习惯。

林老师拍拍我的肩说，调皮好啊，调皮的孩子聪明。你把你的调皮全用在学习上，一定会考上大学的。

从此我像变了一个人，寡言少语，除了吃饭就是趴在课桌上翻弄书本。

学校开运动会，大家像鸟儿一样叽叽喳喳地找林老师报名。我没有自信，躲在墙角抠指甲。林老师走过来说，小蒙，你报名参加跳远吧。我看她一眼，她冲我甜甜地笑着。我说，我不行的，这些天一门心思钻进书本里，没怎么参加

送你一串红灯笼

体育活动。林老师把嘴唇伏到我耳边,有一股热热的气流钻进我的耳膜。林老师悄悄跟我说,你是咱们班上的小勇士,你一定行。说完转过身,大声问,同学们,大家说王小蒙是不是好样的?同学们齐声欢呼:王小蒙,好样的,王小蒙,好样的。

我心里不由得一热。林老师甜甜一笑,小蒙,我替你报上名了。

我使劲儿冲她点头。

运动会上,我夺得了跳远第二名。林老师为我颁奖时,在我肩膀上拍一下说,小蒙,我说你是好样的,说对了吧?我感激地望着她说,林老师,我想和你说句话。林老师侧身蹲下,把耳朵伸到我嘴边。我说,林老师,我长大了当一名医生,我要治好你的眼睛。

林老师笑了,笑得眼睛里水汪汪的,像一颗颗闪亮的小星星。

小红花

其实张老师是个比我大不了多少的女孩子，走路还颠着一条腿。张老师极爱笑，一张娃娃脸，笑起来嘴角上翘，就露出两颗好看的小虎牙。张老师第一次走进我们教室的时候，穿一件洁白的衬衣，就像一片洁白的云朵，摇摇摆摆地飘落到讲台上。

在我们班，我是最调皮的孩子王，曾经在刘老师后背上贴过纸条，在杨老师口袋里装过青蛙。学校要开除我，弄得我破罐子破摔，没心思听课，也没有交过作业。张老师在讲台上做自我介绍，我一个字也没有听进去，琢磨着该送给张老师一个什么样的"见面礼"。

在我们乡下小学校，条件差，讲台就是老师的办公室。张老师宣布上自习，然后坐下来，批改我们的作业。过一会儿，她的墨水瓶里没有红墨水了，站起身，端着墨水瓶摇摇摆摆地去隔壁教室找墨水。我从书包里掏出一个香蕉皮，以

送你一串红灯笼

最快的速度放到讲台的台阶下边。

洁白的云朵飘进来。同学们有的屏住呼吸,有的捂着嘴吓吓笑,等着欣赏我导演的恶作剧。

就听一声尖叫,白云倒在了课桌下,同学们哄堂大笑。张老师站起来的时候,我们发现她洁白的衬衣变样了,手里的红墨水溅到胸口上,洇了一团红。

我们等着看张老师哭鼻子,张老师却笑了,指着红艳艳的胸口说,谢谢小同学送我一朵小红花。

放学的时候,张老师让我留下,我想坏了,知道香蕉皮是我放的了。

张老师说,你叫马小强?

我偷偷抬头看一眼,她正冲我甜甜地笑,俩好看的小虎牙让我一下子放松了,冲她点点头。张老师说,听说你跑得快,你帮我去大队部取一封信。

我歪着脑袋问她,为啥让我去啊?张老师的声音沙沙的,说我信任你啊。

我爽快地答应了,一溜小跑去了大队部。

当我手里捏着一封信回来的时候,张老师说了一声谢谢。

谢谢?我还是第一次听到别人跟我说谢谢。我的脸一红,转身要走,张老师说等一下。张老师拿出一把糖块儿递到我手里说,吃啊。

我小心翼翼地剥去糖纸,塞进嘴里。张老师问我,甜吗?我抬头看看她胸前的那一团红,说甜。声音小得我都听

127

不清。

张老师说你做我的小弟弟吧。以后，在学校你喊我老师，出了校门我就是你的姐姐，好吗？我听了，不知说啥好，狡黠的眼神不时地偷偷瞄她。

张老师摸摸我的后脑勺说，听说你挺调皮。我不好意思地低下头。张老师说，调皮的孩子优点多，比如你跑得快，长大能当长跑冠军。

从不流泪的我喊一声老师，竟然哽咽了。

十五年后，我拿着长跑冠军的金牌回到家乡，要看望当年的张老师。

在邻村的农家院里，一个体态臃肿的妇女头上包着花头巾，牵一头牛，一拐一拐要出门。我喊一声张老师，她愣住了，说你是在喊我吗？我说是啊，我是你的学生马小强啊。

马小强？想不起来了。她摇摇头。我说我就是给你带过小红花的马小强。她沉思了一会儿，笑了，说想起来了。她说，我高中毕业那一年，代过三个月的课。好不容易买了一件白衬衣，让你弄脏了，害得我哭了好几天。

我把金牌送到她手上，我说张老师，这就是我送给你的又一朵小红花。

她一怔，甜甜地笑了，露出两颗好看的小虎牙。

傻二叔

奶奶死后,我的傻二叔就没人养活了。可是也不能眼睁睁地看着他饿死啊,我父亲抱着傻二叔的破被子,牵了傻二叔的手到我们家来,说以后吃饭时多放一个饭碗吧。

每到吃饭时,我娘就从墙角捡过一个脏兮兮的小木碗,拨出一些剩菜,上面放一块馍,阴着脸说,吃货,养你还不如养一头猪。

傻二叔显然是没有吃饱,伸出舌头把小木碗舔得干干净净的,眼珠子还不停地向我们的碗里看。我娘白了他一眼,就把锅扣上了,说傻子,吃饱饭一边玩去。

我最喜欢我的傻二叔。他是我的坐骑,我每天都是骑在他的脖子上上学去。我常常手里拿着一根柳条子,威风凛凛地指挥他,故意让他快一点或慢一点。同学们都羡慕我,王小良把一块橡皮送给我,说想骑一骑我二叔,可是,我二叔说啥也不答应。我眼珠子一转说,二叔你闭眼睛。然后就向王小良努努嘴，让他悄悄趴到二叔脖子上。二叔站起来感觉驮的不是我，一气之下像摔死狗一样把王小良摔在地上。王小良的娘一只手拉着满头是血的王小良，一边骂骂咧咧地找我们家来，我爹赔了王小良家十个鸡蛋，气得我娘三天没让二叔吃饭。二叔也害怕了，像个受惊的刺猬一样，头钻进猪圈里，屁股露在外面。

　　我们家做好吃的，炸糖果子，我娘就对二叔说，傻子，你到外面捡柴火去。等二叔满头大汗地抱着柴火回来，我们早已经把糖果子吃完了。我偷偷给二叔留了一个，我娘看见了骂我说，让傻子吃，你就别吃了！

　　冬天下雪了，我走出学校门，二叔已经蹲在门外等我了，穿着露棉絮的破袄，冻得鼻涕都下来了。见我出来，二叔乐颠颠地俯下身子，让我骑到他的脖子上向家走。二叔走路一晃一晃的，我不让他晃，他不听。街上的人说，傻子，瞧你的脚都冻成疮了，让你嫂嫂给你做一双新鞋穿吧。二叔嘿嘿笑。

　　二叔饭量大得惊人，总是吃不饱。有一次我家蒸了一锅馒头，留着招待亲戚。亲戚来了，馒头不见了，气得我娘把二叔打得像杀猪一样哀嚎。

　　王小良不知从哪里弄来两个核桃故意气我，我回家让娘也给我买核桃。娘舍不得买，我就不停地哭鼻子。一会儿，二叔气喘吁吁地从外面回来了，手里攥着两核桃给我，我高兴得要跳起来了，我笑，二叔也笑。我娘说，傻子，你会变戏法儿？别是偷人家的吧。

送你一串红灯笼

话刚落音,王小良的娘拉着哭泣的王小良又来我家了,一进门就怒气冲冲地说傻子抢走了他的核桃。王小良的娘说,管管你们家的傻子吧,再欺负我们家小良跟你们没完。

这时,王小良的爹刚刚被选为村长。我娘赔着笑脸送走王小良的娘,就急着要打二叔。第二天我娘说,傻子,给你说个媳妇吧。二叔嘻嘻笑。我娘说快吃饭吧,多吃点儿,吃饱了领你去相亲。

那一顿,我娘让二叔可着劲儿吃,二叔吃得直打嗝。

下午放学时下雨了,我出了学校的门却看不见傻二叔,不高兴地回到家问我娘,二叔呢?我娘说,二叔串亲戚了,过几天才能回来。

几天过去了,我都有些想二叔了。

王小良的爹带着警察到我家来,说我二叔被汽车撞死在县城了。据说二叔在一个水果摊上抢了俩核桃转身就跑,正好一辆汽车开过来,被撞死了。

二叔的尸体被我父亲拉回家时,手里还攥着俩核桃,掰都掰不开。我哭了,我娘也哭了,我娘第一次哭得这么伤心。

画爸爸

欢欢喜欢上美术课，画青蛙、画蜻蜓、画天上白白的云、画元城大街上一行行的树。欢欢画的画儿常常受到老师的夸奖，还上过六一儿童节那天的报纸和杂志。

欢欢的理想就是长大后做一名画家。

开家长会，欢欢的妈妈来学校，班主任不但表扬了欢欢，还奖给欢欢一支彩笔。妈妈笑得合不拢嘴，欢欢不笑。每次开家长会，同学们都是让爸爸来，可欢欢还不知道爸爸长什么样儿。

欢欢的家在很远的地方，妈妈带着他来元城读书。欢欢问过妈妈，我爸爸呢？妈妈告诉他，爸爸到一个很远的地方去打工了，家里需要很多的钱，没有钱就不能买煤烧，就不能穿衣服，就不能吃巧克力。

同学们的爸爸也打工，可他们时不时地就回家来看看。欢欢今年九岁，爸爸出去七年了。妈妈说，爸爸很爱欢欢，

送你一串红灯笼

舍不得回来,多挣钱,以后让欢欢上大学呢。

上学路过街口,有个疯子轮着棍子打人,同学们都是爸爸或者妈妈送,唯有欢欢独自一个人。妈妈开了一个缝纫门市,每天忙得夜里很晚才睡觉。欢欢就绕很远的路,绕过那个街口。欢欢一边走,一边想爸爸。

欢欢用老师奖给的彩笔画一个警察,说画的是爸爸。同学们都羡慕得不行,你爸爸真的是警察?欢欢脸红了,噘着小嘴巴说,我爸爸就是警察。欢欢第一次说谎了。

欢欢又画一个太阳,给太阳画了眼睛,涂上眉毛,描上胡子,说这个也是爸爸。老师先是一愣,后来笑了,拍拍欢欢的小脑袋,把画挂在黑板上,表扬了他。

欢欢画大花猫,画喜羊羊,都涂上胡子、描上眉毛,画了一张又一张,全是爸爸。这些画儿获了奖,还有小记者来采访他。妈妈把这些画儿装在镜框里,挂在墙上。墙上的爸爸冲着他笑。

快过年了,妈妈夜里加班,要赶制一批新衣服。妈妈夺过欢欢的画笔说,明天再画好吗?天晚了,早点睡吧,我的孩子。半夜里,欢欢被一阵打闹声惊醒,是墙上镜框的碎裂声。欢欢从被窝里爬出来,看到一个酒鬼欺负妈妈,和妈妈打在一起。

欢欢扑过去,咬了醉鬼一口,一双小拳头在醉鬼身上不停地抽打。

醉鬼走了,娘儿俩收拾被摔碎的镜框。欢欢说,要是爸爸在,就没人敢欺负你了。妈妈抱着欢欢,泪珠子跌落在欢欢的眼睛上。

欢欢把自己的画儿整理成厚厚的一摞，推到妈妈面前说，把这些寄给爸爸，让爸爸好好改造，会减刑的。

妈妈怔了一下，疯了似的摇晃着欢欢的肩膀说，欢欢，是不是有人告诉你什么了？快说，我的好孩子。

欢欢摇摇头。妈妈，你常常睡觉说梦话，让爸爸好好改造。你还告诉爸爸，说我们的欢欢很听话，欢欢的画儿获奖了。

妈妈睁大了眼睛。

欢欢说，酒鬼欺负你，酒鬼的话我也听见了，你是为了不让我知道爸爸的事儿，才带我来到这个元城读书的。我还知道爸爸在很远的老龙沟农场。

妈妈抱着欢欢说，天啊，不是的，不是的，孩子，不要相信我的梦话，也不要相信酒鬼的话，那都是假的。

欢欢给妈妈擦眼泪。欢欢说，妈妈，我长大了当画家，画很多的画儿，挣钱养着你，养着爸爸。

咸菜开花

父亲是下班的路上被摩托车撞倒的,自行车被撞得变了形。当父亲从沟里爬起来的时候,肇事者早就没了踪影。

母亲白天到啤酒厂洗瓶子挣钱维持生计,晚上侍候瘫在床上的父亲。父亲是个要强的人,好多次喊着要寻短见。他说,我这人笨啊,走道儿让车撞,一个大男人要你们娘儿仨养着。让我去死,不再拖累你们了。母亲从父亲嘴里抠出来一把安眠药说,你安心养病吧,咱们一家人在一起就是福。你养好病,俺们娘几个还指望你呢。

我知道母亲是在安慰父亲。我看到过母亲偷偷流泪。

父亲不能挣钱,养病还要花费一大笔医药费。时间不长,母亲洗瓶子的活儿也黄了。我们家的日子就像缺水少肥的花草,很快就蔫巴了。

在一个秋叶飘零的早上,母亲背回来一袋子萝卜。母亲把洗净的萝卜放进门前的瓮里,撒上一层盐,用一块大青石压实了，对我们说，下半年吃菜就靠这些萝卜了。

果然，每天吃饭的时候母亲从瓮里取出来一个腌制好的萝卜，切成细丝或者片状，摆放在饭桌上。刚开始，我们吃得津津有味，慢慢地就不想吃了。弟弟好像是跟咸萝卜有深仇大恨似的，皱着眉头把筷子一摔说，咋又是萝卜？

母亲不生气，把筷子从地上捡起来，擦一下说，萝卜好啊，冬吃萝卜夏吃姜，不劳医生开药方。弟弟白了母亲一样，噘着嘴说，我就是不吃。父亲呵斥弟弟说，你还想吃龙肉啊？母亲说，赶明儿我把萝卜煮熟，晾晒出来，像牛肉干一样，嚼着香香的，可好吃了。

母亲说的像是天下美味，听得我直咽唾沫。

母亲把瓮里的萝卜全煮了，用绳子穿起来，挂在院子里的老槐树上。过几天，咸萝卜上面挂了一层白白的盐巴。母亲把盐巴去掉，切成一片一片的形状。这种酱紫色的咸菜就成了我们家的一日三餐。

吃了上顿吃下顿，天天吃咸菜，吃得我们打个哈欠也是咸菜味儿。母亲用筷子夹起一片咸菜说，你看，像不像牛肉干？弟弟说，什么牛肉干，我不吃。母亲拍拍弟弟的脑袋说，二娃你不是长大了要当火车司机？那你就得吃咸菜啊，吃咸菜才能长得壮，才能开得动火车啊。

弟弟歪着小脑袋问我，娘说的是真的吗？

我不知道该怎么回答弟弟。我低着头，眼睛里有水一样的东西流出来。我赶紧把头埋进饭碗里，使劲儿喝粥。

其实我才不愿意吃咸菜呢，街上就有卖白菜的、卖韭菜的。我知道我们家能吃上咸菜已经很不容易了，母亲还为父亲吃药犯愁呢。我在街上玩，好多次见母亲赔着笑脸去邻居家借钱。我还跟着母亲去卖过一个手镯子。母亲拉着我的手，另一只手攥着镯子，嘴里不停地嘟囔着说，这镯子是你姥姥留给我的。

吃晚饭的时候，母亲喊我们，孩子们快来吃饭，咱们家的咸菜开花了。我和弟弟惊奇地跑到饭桌旁，只见白磁盘里的咸菜变成了各种形状，有菱形，有三角形，还有的锯齿状，有的像一朵盛开的花朵。弟弟乐了，夹起一个又一个说，这个像小狗，这个像小羊。

弟弟把一个像小兔子一样的咸菜放进嘴里，小嘴巴嚼得有滋有味。

父亲说，你娘雕刻咸菜花儿，把手划破了。

我拉过母亲的手，母亲的手指上包着纱布。我不由得眼睛一酸。母亲笑着说，孩子，多吃点儿，正长身子呢。等你们长大了，咱家的苦日子就熬出头了。

我叫李歪瓜

那一年我和刘伟打着玩,刘伟踢我一脚,骂我是没人要的歪瓜。我不懂歪瓜是啥意思,但是我知道那是侮辱人的话。

同学们哄堂大笑,喊我李歪瓜。我咬紧牙关,没让泪水流出来。

我回家问父亲,啥是歪瓜?父亲刚从田里回来,一边洗手,一边告诉我,歪瓜就是田里没长开的落秧子黄瓜。

我们村里家家户户种黄瓜。又大又鲜的好黄瓜卖掉了,剩下一筐筐没长开的落秧子黄瓜没人要,有的喂猪,有的被扔到村东的大沟里,白白烂掉。

我愿意长得像歪瓜吗?我一出娘胎就瞎了一只眼睛,个子矮,又黑又瘦。八岁的时候上树摘酸枣,从树上掉下来摔伤了腿,走路一瘸一拐。在别人眼里,我这个歪瓜挺形象的。尽管大家喊我歪瓜,我当时也没有感觉到歪瓜的严重

送你一串红灯笼

性。等我眼瞅着同学们有的上了大学,有的外出打工,而我落榜之后,真的成了没人要的歪瓜。我18岁了,长得像个孩子,跟着别人出去打工,老板说啥也不收留我,说担心刮风把我刮跑了。

十年寒窗苦,回家扛大锄。我的天空一片黑暗。

更让我难以承受的是暗恋了三年的小华。我悄悄把情书塞给她的时候,小华白了我一眼,说想得倒美,你也不撒泡尿照照自己,像你这样的歪瓜还想好事儿。

我把自己关在屋里,蒙头大睡。

父亲从田里回来说,小子,老天爷饿不死瞎眼雀,我这一辈子没上过学不照样儿活得好好的?我靠种黄瓜致富,盖起了新房子,供着你们兄弟俩上学,咱一点儿也不比别人落后。现在瓜田里正忙着呢,是条汉子就给我站起来,别像娘们儿似的。

我爬起来,跟在父亲身后向田里走。

眼前一片绿油油的瓜田,架上的黄瓜顶花带刺,煞是喜人。父亲说,你小子有文化,咱以后跟着书上学种温室黄瓜,能卖好价钱。到时候咱的温室大棚就像一只白天鹅,就像海上的白帆。

我笑了,我说父亲,你说出话来像个"诗人"。

父亲指着地角上一大堆没长开的黄瓜说,你把这些落秧的黄瓜全给我扔到沟里。我说,扔掉多可惜啊。父亲笑笑说,有啥可惜的?好黄瓜已经卖了好价钱,这些歪瓜连猪也不吃。

向大沟里扔黄瓜的还有好多人，大沟里堆满了歪瓜，氤氲着腐烂的气息。

我对父亲说，我要到城里去一趟。父亲问我，你去城里做什么？

我神秘地笑笑，挤上了去城里的公交车。

我从城里回来的时候，跟父亲说，这些歪瓜我要了。

父亲睁大眼睛说，你疯了？我说，我才不会疯呢。我从城里订购了几个大缸，买了腌制酱菜的资料，我要办一个酱菜厂。

我又跟村里人说，要收购他们的歪瓜。村里人一副很豪爽的样子说，你弄走就是了，啥钱不钱的。我说不，一定要给你们钱，而且跟最好的黄瓜一样的价钱。

村里人认为自己听错了。我又重复一遍，村里人说，你可不要后悔。

父亲在背后拍了我一巴掌，小子，有眼光，这书没有白读。

那一年，我和父亲从城里聘了一个从酱菜厂退下来的老师傅，放了一挂鞭炮，我们家的"歪瓜酱菜厂"就算开张了。由于我们腌制的酱黄瓜味道鲜美，很快打开了市场，价钱卖到了鲜黄瓜的六倍。

送你一串红灯笼

那年的鸡蛋

我小时候家里穷,母亲养了五只鸡,一日三餐,用鸡蛋换米、换盐、换菜。父亲从田里回来,常常一边吃饭一边笑吟吟地说,这几只鸡,是咱家的功臣呢。

放了学,我经常去野外捉蚂蚱、抓虫子,回家喂鸡。我的作业本和铅笔,也要用鸡蛋到村头丁老歪的小卖部去换。

有一次放学回家,我跟母亲说,我们开始上美术课了,老师让我们买红蓝铅笔。母亲皱皱眉说,刚才用鸡蛋换了一斤盐,家里已经没有鸡蛋了,等明天鸡下了蛋再买吧。

我一听就哭鼻子,不行不行,老师说下午用。

母亲在屋里转了一圈说,我想起来了,咱家的芦花鸡今天还没下蛋呢,你等一等。说着话,母亲从米瓮里抓了一把米,咕咕叫着,撒给正在院里觅食的鸡。

我的红蓝铅笔还在芦花鸡的屁股里呢,我只好坐下来,看着芦花鸡啄米。芦花鸡吃完了米,还在院里踱步,一点儿也不急。芦花鸡有时候隔一天才下一枚蛋,如果今天不下蛋咋办啊?我的心揪紧了。芦花鸡,芦花鸡,你快点下蛋吧,我还急着上课,急着用红蓝铅笔呢。

芦花鸡好像听懂了我的话,在我渴望的眼神中飞进鸡窝。我说,芦花鸡你快点吧,我们要上课了,迟到了。母亲说,别急,总不能下手去掏吧。我一副猴急的样子说,迟到了咋办啊?母亲说,要不你先走,等鸡下了蛋,我去换铅笔,给你送到学校。

我白了母亲一眼说,就不!

等鸡下蛋,一分钟就像一年那样漫长。芦花鸡终于咯咯叫起来,我一激灵,跑到鸡窝边。我把手伸进鸡窝,芦花鸡惊叫着飞了出来。我摸到了鸡蛋,暖暖的,滑滑的,心里别提多高兴。我手里攥着鸡蛋,像是举着一支令箭,一溜小跑出门,把母亲的喊声抛在了身后。

我像鸟儿一样飞进丁老歪的小卖部,把鸡蛋送到丁老歪的手心里,喘着粗气说,换一支红蓝铅笔。

丁老歪看看鸡蛋,又看看我,笑着说,这鸡蛋是你娘让你吃的吧?我说不是啊,换红蓝铅笔呢。丁老歪嘿嘿笑着,把鸡蛋退还给我说,小孩子,一边玩去。

我一愣,哇一声哭了,像是受了莫大的委屈。跑回家,母亲正洗碗,忙不迭地站起身,问我,咋了孩子?我说丁老歪不要咱的鸡蛋。母亲说,走,看看去。母亲拉着我的手,来找丁老歪。

母亲说,你咋不要俺的鸡蛋?

送你一串红灯笼

丁老歪说，我收鸡蛋是孵小鸡的，你不该让孩子拿着熟鸡蛋来换东西。

母亲说，不是熟鸡蛋。

丁老歪说，那怎么是热的？

母亲说，我们家的芦花鸡刚下的蛋，还热乎乎的呢。

丁老歪摇摇头，不信。母亲生气地说，我还能骗你吗？为了证明不是熟鸡蛋，母亲把鸡蛋在柜台上轻轻一磕，黄色的蛋黄流了出来。

丁老歪惊呆了。

母亲拉着我转身就走。丁老歪跑过来，把一支红蓝铅笔塞到我手里说，快去上学吧。

母亲怔一下说，明天，我还你一枚鸡蛋。

丁老歪说，不用了，不用了，我送给孩子的。

上课的铃声响了，我向着学校飞奔。

多年后，我常常到鸡窝前，找一枚刚下的鸡蛋，在手里握一握，让暖流传遍全身。

143

九爷看秋

秋阳暖暖的，田野上散发着庄稼成熟的气息。我和小伙伴大虎走在放学回家的路上，肚子已经咕咕叫了。家里找不到吃的，娘去生产队劳动了，我和大虎去田野上溜红薯。

村北是生产队的红薯地，社员们把红薯刨出来，一堆堆，煞是好看。可是有些红薯很狡猾，把根深深扎进泥土，躲过了社员的刨挖。我们这些小孩子，所谓的溜红薯，就是带着铲子，在社员挖过的红薯地里漫无边际地刨啊刨，发现一个红色的根系就满怀惊喜，向深处挖，准能挖出一块红薯。我们用衣襟擦一下，塞进嘴里就啃着吃，吃得嘴角冒白浆。挖多了，还能背回家，让母亲蒸熟了，当饭吃。

爹死了，娘有病，挣的工分少，我和娘经常挨饿。大虎爹摔伤了腿，不能劳动，家里也是吃不饱。大虎说，他爹让他多喝水，喝得肚子鼓鼓的，还是饿。

今年，生产队的红薯长势很好，生产队长亲自上阵，翻

送你一串红灯笼

得很细,几乎把土地翻了个底朝天。我和大虎溜了半天,眼瞅着天快黑了,也没有溜到一块丢弃的红薯。

大虎说你看。我顺着大虎的手势望去,沟那边是刚刚挖过的红薯地,挖出来的红薯还没有运走,堆放在田野上。我的眼睛亮了一下,就黯淡了,因为看秋的是九爷。九爷是个教书先生,干事儿很认真的,临时被派来参加劳动。

我们难以摆脱红薯的诱惑,咽着唾沫,趴在沟里,慢慢向红薯地移动。就在我们靠近红薯堆的时候,还是被九爷发现了。他大喊一声,谁家的孩子?快走,快走。

我们迅速跑到红薯堆上,抓起一块就跑。

九爷在后面喊道,哪里跑!一边喊,一边弯腰抓起坷垃,向我们投掷。

我一回头,就不跑了,九爷并没有追过来,投掷过来的不是坷垃,是红薯。我和大虎一阵惊喜,弯下腰,捡拾九爷投掷过来的红薯。我们把小衣服脱下来,装满了,才一溜小跑回家。

第二天,我们又去红薯地,刚趴到地边的大沟里,又被九爷发现了。只见九爷大喝一声,抓起几块红薯向我们投掷过来,一边投掷,一边大声喊道,谁家的小孩子,又来偷红薯,还不快走!

一块块红薯向我们投过来,落在我和大虎的脚下。我们只顾拣红薯,装满了口袋才嬉笑着满载而归。大虎说,九爷这不是故意给咱送红薯吗?我说顾不得什么了,今天回家,娘看到我溜到了这么多红薯,又要表扬我。

145

有一次,九爷正在一边骂,一边投掷红薯,被生产队长看见了,走过来踢了九爷一脚说,你这不是给他们送红薯?

九爷嘿嘿笑,有人来偷红薯,我这不是一着急就轰赶他们?

生产队长说,你这是用肉包子打狗!

生产队长不让九爷看秋了,开九爷的批斗会。队长踢了九爷一脚,又踢一脚,九爷跌倒了,再站起来,挺着胸膛,戴着纸糊的高尖帽子。

九爷,九爷。我们都哭了。

我们怀念九爷看秋的日子。

手不朽

我是小偷张闹的手。我不想助纣为虐，继续协助张闹做小偷了，为了拯救他，我甚至尝试过自杀，几次都没有成功。

我决定摆脱主人的掌控。有一次，张闹在公交车上掏钱包时，刚把我伸向一个人的口袋，我故意撞了那个人一下，那人发觉了，挪了挪位置。

张闹感到蹊跷，打我一下说，真是活见鬼了，我的手竟然不听我的指挥。

我很疼，但是我为阻止了张闹的偷盗行为而高兴。

我要做一只自力更生的手，哪怕去捡破烂，让废铁丝把我扎得血肉模糊；我也宁愿去工地，把我磨出一层老茧。于是，我一次次拒绝和张闹的合作，张闹害怕了，老实了一阵子。

有一次，张闹重操旧业，上了公交车。一个衣着鲜亮的少女蝴蝶一样翩翩飞来，目光投放在张闹身边的空座上。张闹却盯上了少女鼓鼓的钱包。少女坐下来的一刹，我用最快的速度，抹了一下座位上的灰尘。女孩感激地冲着张闹笑笑，说了一声谢谢。张闹激动了，长这么大，很少有人向小偷说谢谢。

张闹盯着我看了一阵子，好像不认识似的，心说我的手怎么了？

少女微笑着告诉张闹，她叫小红，还给张闹留下一个手机号。晚上，小红白嫩嫩的脸蛋在张闹眼前晃悠，张闹拿出小红的手机号，拨通了，约小红出来散步。

月光下，我主动搭上小红的肩膀，让张闹跟小红恋爱了。

小红一双美丽的大眼睛看我一下，脸红了。

我搂住小红的腰，小红勾着张闹的脖子，眯着眼睛，幸福地说，感谢你这只善良的手。

那一刻，是我最幸福的时刻，我第一次得到女人的褒奖，也庆幸给主人带来爱情的甜蜜。

张闹和小红去办理结婚登记。我挽着小红的手，小红的手柔柔的，滑滑的，以后就是我的伴侣了。过马路的时候，小红看见一个小男孩在马路中央，被一辆飞驰而来的汽车惊呆了。

小红一声尖叫。

我带着张闹飞向男孩。张闹莫名其妙地被我拖着，拽着，奔向路中央，我用尽全力，把男孩推向一边。

送你一串红灯笼

张闹成了英雄，上了报纸，上了电视。市长到医院看望张闹，说要号召全市青年向张闹学习。

白大褂惋惜的目光望着失去知觉的我，摇摇头，又摇摇头。张闹忘记了疼，抱着我泪雨纷飞。

我醒过来的时候，（我已经死了，醒过来的是我的灵魂）已经躺在手术室里。我离开了张闹的身体。

惊奇的是，我依然红润丰满，富有弹性，依然血脉分明，青筋突兀。张闹舍不得扔掉我。

我是英雄的手，我被制作成标本，躺在冰凉的玻璃柜里。

有一次，一群孩子来看我，他们的老师向他们讲起我的故事，孩子们一个个向我敬礼。

我知道，我没有死，我永远活着。

腿罢工

我是长跑运动员凯利的腿。久经沙场的凯利站在领奖台上,是我最兴奋的时刻。

凯利小的时候,和他的伙伴一起玩,有人欺负凯利,让凯利下跪。凯利害怕了,可是我就是不弯曲,凯利也没办法,急得直哭。小伙伴开始打他,我带着凯利飞奔,像兔子一样,把小伙伴,还有小伙伴投掷过来的石块抛在后面。

凯利是个有点懒惰的孩子。天不亮,我就唤醒他,开始锻炼。我带着凯利在元城大街上长跑,跑出了城区,穿过麦田,穿过森林。

老师说凯利跑得快,让他参加学校的田径比赛,我一听高兴极了,可是凯利没信心。老师让他试试。开跑了,凯利想放弃,我替他着急,我变成了凯利的两只翅膀,以最快的速度到达终点。

凯利成功了!同学们为他鼓掌,老师表扬了他。

送你一串红灯笼

不久，凯利到了体校，成为一名长跑运动员。从此，我有了一个梦想，我要做世界上最优秀的腿！

我最喜欢听起跑的枪响。啪！这声音对我来说，是多么诱惑啊。

我成了名腿，不仅站在领奖台上，还站在凯利母校的讲台上。学校邀请他回母校作报告，凯利的眼睛湿润了，讲起他不幸的童年。最后，凯利说，感谢我的双腿，是它给我带来如此多的荣誉。

大家热烈鼓掌。那一刻，我是世界上最幸福的腿。

大家要他签名。大家还看着我，说我健壮发达。甚至还有个学生抚摸着我，感动得哭了，要我的一根汗毛留作纪念。

电视台开始找凯利做广告。我跨越的姿势出现在电视画面上，出现在报纸上，甚至学生们手里提着的手提袋上，还被好多少女贴在床头。

母亲对凯利找的女友不满意，好多天不和凯利说话。我弯曲，凯利莫名其妙跪下了。凯利还纳闷，自己怎么就跪下了？

母亲泪水盈腮，拥抱了凯利。

我也有控制不了凯利的时候。

有一次，凯利陪着女友上街，路过菜市场，一个农村老太太的菜摊前摆放着一堆胡萝卜，水果一样鲜艳，一块钱一斤。女友挑了几个拿在手里说，八毛一斤吧。老太太笑笑说，姑娘，我们种菜很不容易的，还要浇水、施肥，一块钱一

151

斤还算贵吗？老太太一边絮絮叨叨，一边从女友手里夺胡萝卜，手上的泥巴弄脏了女友刚买的花裙子，女友一声惊叫。

凯利一看，飞起一脚。

我不知咋回事儿，就把老太太的菜摊儿踢飞了。红艳艳的胡萝卜撒了满地，好多人过来围观。

有人认出了凯利，说那不是长跑冠军吗？

我为凯利脸红，懒得再跟凯利合作了。尽管我是他身体的一部分，我也要罢工。在赛场上，我拖着凯利。凯利在观众期待的目光中落在了最后。

凯利说，不知咋回事儿，我这条腿不听使唤了。

凯里带着我去医院检查。

我宁愿自己被医生锯掉。

拍片，医生很纳闷，你这条腿没事儿啊？

我暗自庆幸，我还要继续罢工。

但一阵胜利的快感过后，我哭了。

种树的女人

女人的性子犟,非要嫁给毛乌素沙漠边缘的男人。

出嫁那一天,婚车沿着曲曲折折的小路,从日出走到日落。女人一下婚车就惊呆了,旷野上只有一座低矮的土房子,环顾四周,茫茫沙海,满目苍黄,摇曳着稀稀疏疏的几棵蒿草。这就是自己的家吗?女人的心一紧,脑海里比眼前的沙漠还要空旷。

院里有一头猪,一群羊,打量着陌生的新主人。

晚上睡觉的时候,男人把一把铁锹放在门后。女人疑惑地望着男人,男人没说话,送给女人一个神秘的微笑。

夜里刮起了大风,风卷起沙漠,魔鬼一样呼啸,像鬼哭,像狼嚎。女人没有见过鬼,也没有见过狼,再也想不出比鬼和狼还要残酷的形容词。女人用被子蒙上了头,铁了心,熬到天亮,要逃离这个地方。

天亮了,风也停了。女人去开门,吓一跳,门被沙子堵上了，像是被埋进了地窖。男人不急，拿起铁锹一阵忙活，挖洞一样，把门挖开了。女人到院里一看，院里变了模样，蠹起一个小山一样的沙丘。

天啊，这还是昨天看到的那个家？屋后的沙子堆积，和房檐一样高，猪踩着沙子，上到了房顶上。

女人哭了，这鬼地方，咋过啊。

男人说，你后悔了，还来得及，现在就可以走。

女人看男人一眼，犟劲儿又在血液里蹿起来。女人说，我要和沙漠较量。

男人被吓了一跳。男人说，祖祖辈辈都是这样过来的，你还想咋？

女人说种树。

男人说，沙漠里面种树，你疯了吧？

女人真的疯了，把猪卖掉了，又卖了几只羊，换回一捆捆松树苗。女人找一辆架子车，带上水和吃的食物，拉着树苗走向沙漠深处。

男人来帮她，搭起小帐篷，挖一个坑，又挖一个坑，把树苗的根部装到塑料袋里面，浇水，然后填土，踩实了。

夜里下大雨，女人想，树苗该成活了。一阵大风，刮得帐篷像断线的风筝一样，上天了。雷电一闪，女人抱紧了男人的肩膀，瑟瑟发抖，像一只受惊的羔羊，任凭雨水冲刷。

刚栽下的树苗被雨水冲走了，她被淋病了，欲哭无泪，发誓说再也不种树了。

向家走，脚下一蓬绿色。女人问男人这是啥？男人说是沙柳。沙漠里的柳树，三年砍一次，把根留下，来年长得更壮。她是看不起柳树的，家乡的柳树柔柔曼曼，像个娇气的女人，而沙漠里的柳树却是越挫越勇，如此的顽强，让她肃然起敬。

她转过身又向沙漠里走，男人在后面跟，喊着她的名字。她不回头，把被雨水冲走的树苗捡回来，重新栽好。

女人回娘家借了一笔钱，全买成树苗栽进沙漠里。树苗发芽了，绿色的小脑袋在风中摇晃着。女人笑了，把家安到了沙漠深处，承包了三千亩沙漠。

女人到城里找朋友贷款，朋友说，你疯了？把钱扔到沙漠里，会血本无归的。

女人说我才不疯呢，我这一辈子不能让沙漠折磨死。

女人白白嫩嫩的皮肤被风沙打磨得粗粗糙糙，手掌像树皮。她的房子已被浓荫簇拥，屋前有池塘，养着一群鸡，一群鸭，屋后是郁郁葱葱的苗木基地。

她还鼓励别人种树，一片绿和一片绿连接起来，绿色在一点点延伸。

有人来到内蒙古鄂尔多斯市乌审旗，问这位治沙英雄栽了多少树，这个黑黑瘦瘦的农家女人指指身后的森林，憨厚地笑着说，数不清了，也没有数过。

这个女人名叫殷玉珍。

谁是凶手

我和顾老六是光屁股在一起长大的朋友。顾老六这个家伙比我狠，一发脾气总是冲我瞪着眼说，老子是干大事的人，谁像你，连一只鸡也不敢杀，胆小得像个女人。

想当年我和顾老六一起去偷鸡，他行动，我盯梢。过一会儿，顾老六腋下夹着一只鸡，一溜小跑回到他的小柴房，把鸡扔在我脚下，一副命令的口气说，杀了它。我一只手抓鸡，一只手掂着闪光的刀子，竟然开始发抖。刀子像拉锯一样在鸡脖子上划几下，那鸡竟然挣脱了，满屋子飞，还下了一个蛋。顾老六说声瞧你那熊样，从我手里夺过刀子，一刀下去，鸡血溅了我满脸。

后来顾老六去了城里，做生意，倒皮毛，听说发财了，买了轿车，买了房子，挺风光。

今年冬天，顾老六给我打电话说我马上就到你家了。我一点准备也没有，正在惊慌失措，就见一辆黑色轿车停在了

送你一串红灯笼

我的家门口。顾老六从车上下来,说是在城里待烦了,玩腻了,回老家来找找当年的感觉。顾老六还嚷嚷着说冻死了,冻死了,农村没暖气,真不好受。我说你才进城几年啊。他就像杀猪的屠夫写情书,也不知从哪里学来一句,附庸风雅说瞬间尝遍人间凉热啊。

好在我的屋里生着煤炉子,暖暖的。顾老六盘腿坐在我的土炕上,一边喝酒,一边吃肉,兴高采烈地给我讲他在城里的故事。我家里养着一只猫,不停地嚎叫,我便撕一块肉给猫吃。顾老六抓起猫扔到外面说,你还养猫?讨厌死了。

我说真是江山易改本性难移,你这家伙还是老脾气。顾老六把一块鸡肉塞进嘴里,一边嚼一边说,这脾气到死也改不了。

这天晚上顾老六喝多了,天南海北地扯,扯钱扯酒扯女人,扯得上眼皮和下眼皮打架。最后睡在我的床上,把我赶到冰冷的外屋去睡。老朋友好不容易来一次,我只得依了他。

第二天早上,顾老六不给我开门,我撬开门一看,顾老六死了。吓得我毛骨悚然,连忙给顾老六家人打电话。

顾老六家人报了案,硬说是我谋害了顾老六。我已经够晦气的了,还摊上这案子,你说倒霉不倒霉。

警察审问我,你和顾老六有仇?我说没有。

那你为什么向他下毒手?警察问。我说我就是下毒手也不能把他杀死在我的炕上啊!再说了,认识我的人都知道我连一只鸡都不敢杀,哪里敢杀人啊。我如果图财害命,早就把他的车弄走了，你们查一下，顾老六的车还在，手机还在，我没有动他一分钱。

警察又问我，顾老六是不是喝酒喝得很多？我回忆一下说，根据他的酒量，喝得不算多。

警察看看顾老六的尸体，从身上取出一些东西走了。我作为犯罪嫌疑人，被关到一个小房子里。两天后，警察把我放出来说，经化验，顾老六是一氧化碳中毒致死。

后来警察又来我家，在我屋里转悠说，你的屋子封闭得太严，才造成顾老六的死亡。

我觉着蹊跷，我在这里住了几个冬天了，咋就没事呢？

警察也觉着疑惑。

这时候，我的猫大概是饿了，冲我叫。我犹如醍醐灌顶。原来，我每天晚上睡觉时为了猫进出方便，故意把门拉开一道缝。而顾老六这家伙讨厌猫，把门堵死了。

送你一串红灯笼

在地图上旅游

有一次去基层采访,我在偏僻的小乡村,认识了一个长年卧床的瘫痪少年。少年身边放着几张花花绿绿的地图,已经被翻看得非常陈旧了。他说这是他唯一的精神寄托,凭着这张地图,他对全国的地名耳熟能详。你随便说出一个地名,他都能准确地说出这个地名的方位,属于哪个省份,还能说出这个地方到另外某个城市的距离,甚至这个地方有什么景区。

他像导游一样讲得五彩缤纷,好像是那里的常客。

其实,他连邻近的村子也没有去过。唯一的一次外出是八岁那年,趴在父亲的背上去县医院看病。走在县城的大街上,他望着高高的建筑问父亲,这里的房子咋那么高?父亲说那是楼房。他又好奇地问,咋路边的草这么大?父亲说,那不是草,是树。他望着广场上放风筝的孩子,似懂非懂地点点头。

社会万花筒之中国微小说系列丛书

　　白大褂医生给他做了检查，摇晃着脑袋说没有站起来的希望了。他像听到一声霹雳。望着蹲在地上，用大手揉搓着头发的父亲，他擦擦泪，重新趴到父亲背上说，咱们回家吧。

　　回到土炕上，父母去田里劳动，妹妹上学，家里剩下他自己，望着黑黑的屋顶发呆。土炕边上有一个小洞，几只出出进进的小蚂蚁成了他的伙伴。后来小蚂蚁不见了，一连几天他都感到寂寞和失落。他用手指在木格子窗棂上捅开一个洞，眯着眼看院子里艳艳的花、青青的草，还有跑来跑去的鸡鸭。这个小洞成了他多姿多彩的世界。

　　看累了，他让放学回来的妹妹教他识字。识字真是一件最最有趣的事情啊，妹妹的花书包像是魔力无限的神奇世界。一年后，他能断断续续看书了。

　　母亲从小卖部买盐，用一张旧报纸包着。她不让母亲把旧报纸扔掉，像宝贝一样捧在手里，从头到尾把每一个字都看了。

　　也有想不开的时候。望着起早贪黑忙忙碌碌的父母，不忍心再拖累他们了，他选择了自杀。有一次，他偷偷把母亲的水果刀藏到身边。母亲疑惑地问，水果刀呢？哪里去了？他不吭声，蒙上头，眼里盈满了泪水。

　　妹妹从外面捡到一张地图，他看得入了迷。世界真大啊，自己的村子根本就找不到。去过的那个县城，高高的楼，高高的树，那么多的人，才是一个小黑点。那晚，他失眠了，哀求父亲给他买一本地图册。

送你一串红灯笼

父亲舍不得给他买，到捡破烂的邻居家，用两个鸡蛋换来一本脏兮兮的地图册。地图册薄薄的，只剩下十几页，还是20年以前的版本，却成了他的宝贝。密密麻麻的线条，黑色的是铁路，红色的是公路，蓝色的是河流，还有花花绿绿的城市，高山、森林、沙漠、大海。他把地图册放在身边，天天看，打消了自杀的念头。

少年听说我从城里来的，给我讲西藏的雪山，讲石家庄到济南的距离，讲天山的风光，讲得有滋有味儿。有些地方我去过好多次了，竟然没有他了解得那么细致，甚至没有他描述得那么美好。他先是和我争执西湖的景点，后来听说我要去内蒙古，兴高采烈地给我指点线路和沿途风景。他的脸上洋溢着微笑，像个博学的旅行家。

回到城里，我专程到书店买了一套最新版地图册和几张城市旅游图，托人送给少年。这些地图对于他，一定是最好的礼物。

送你一串红灯笼

谁都知道我父亲马瘸子和秦瞎子是好朋友,俩人在一起总是有说不完的话。元城人形容一个人和另一个人关系好,常常拿我父亲和秦瞎子作比喻,说那关系好得像马瘸子和秦瞎子一样。

秦瞎子手里提一根棍子在前面敲击地面探路,沿街串巷给人算卦,有空闲就来我家东拉西扯。秦瞎子和我父亲说着话,天很快就黑下来了。我父亲说,老弟,别走了。秦瞎子笑笑,翻滚着白白的眼睛说,不走就不走。秦瞎子住在我家,却一宿不睡,继续和我父亲聊天。聊累了,开始抽烟,一根接一根,伴着咳嗽声,两颗烟头明明灭灭,在黑暗中闪烁。

有一次,一个远房亲戚送给我父亲一只烧鸡,父亲掰下一个鸡大腿说,给你秦叔留着。等了两天,秦瞎子没来,父亲有些忍不住了,到大门外望望,踅回屋来,用塑料袋子包上鸡腿,一拐一拐的到秦瞎子家里去。

秦瞎子家里只有一间破旧的小房子。父亲看着秦瞎子把鸡腿吃完,再看看房子哪里漏了就帮他修一修。俩人不喝酒,除了抽烟就是聊天。

我上大学那一年,父亲借债为我凑足了学费。为了早一天还上饥荒,秋后的一天,父亲归拢一下花白的头发,在寒风中背着行李,摇摇摆摆地到城里去打工。父亲是个瘸子,干不了体力活儿,就在一个建筑工地看大门。到年底,工头带钱跑了,民工讨不到工钱,要变卖工地上的机械和设备。我父亲站出来说,工头欠咱们的钱,早晚可以要,如果变卖设备,就是偷盗,就是把有理的事情变成了无理。民工们觉着我父亲的话有道理,只好一步三叹地卷起铺盖回家,父亲却望着工地上的一堆堆机械设备不敢离开。夜里一伙人来偷东西,父亲站出来阻拦,被打伤。为给父亲看病,母亲一咬牙,变卖了家里所有能换来钱的东西。我们家的日子雪上加霜了。学校放假,我风风火火回家来,望着床上的父亲,听着街上的鞭炮声,家里的凄苦景象显得没有一丝的年味儿,我的心酸楚到了极点。

大年初一,一场大雪纷纷扬扬落下来。邻居们有的给我家送米面,有的送肉。望着乡亲们送来的年货,我和母亲脸上有了喜色。父亲趴在土炕上动弹不得,除了跟乡亲们说些感激的话,眉头依然蹙成了疙瘩。我知道他想和秦瞎子聊天了。

父亲让我给他打开窗户。我说这么大的雪,秦叔是不可能来的。父亲有些生气了，说我让你打开你就打开，别磨叽。我只好把窗户打开一条缝隙。父亲的目光透过这条缝隙，投向茫茫雪野，惊喜地指着远方说，你看，你秦叔来了。

一个人影由远及近，好像随时可能被大风吹得无影无踪。父亲说，还不快去搀扶一下。我跌跌撞撞地跑出门外。

秦瞎子被冻得瑟瑟发抖，说话的声音都有些震颤了。进屋，秦瞎子哈着手说，马瘸子，你咋受伤了？父亲给他让座，讲述了受伤的经过。他叹一口气说，人的一生都是有劫数的，大劫过后必有后福。过了年，我去为你讨工钱。秦瞎子从怀里掏出一个包袱，抖开，是一串折叠着的红灯笼。

屋子里充满了喜庆。

我父亲眼前一亮，刚才还喊着疼得难受的他要坐起来。我劝他说，你的伤这么严重，是不能站起来的。父亲说谁说我不能站起来？说着一用力，竟然真的站起来了，我们睁大了惊讶的眼睛。

拿酒来！父亲大喊一声。

我被父亲的举动吓了一跳。我说你是不是疯了？你们俩人可是从来不喝酒的。

我父亲说，这么喜庆的气氛，是不能没有酒的。

我只好倒了两杯白开水。俩人齐喊一声干，咕咚咚喝了个底朝天，然后一起大笑，连说好酒啊好酒。

俩人都醉了。

好 汉

青臣躺在床上看一部武侠小说,看累了,到街上去散步。秋天的太阳像个勤快的小媳妇,把天空,把元城的大街小巷梳理得清清爽爽。

青臣身边的人,有的做官,有的当老板,还有的混成了元城的头面人物,都是元城人眼中的好汉。青臣还是青臣,还是熬天混日子靠父母养活的小混混。

青臣从小就渴望被人夸奖,成为元城人心目中的一条好汉。青臣发奋读书,发誓要考上大学,像秦大头一样荣归故里,戴着金边眼镜,开着豪车,在人们黏黏的目光中走过元城的街街巷巷。青臣还幻想着像秦二头一样办一家公司,夹着皮包,伸出金光闪烁的手,为福利事业搞募捐。再不济就做个木匠,像秦三头那样踩百家门,深受人们的爱戴。

现实生活像一头犟驴,不听青臣驱使。青臣没考上大学,就像被生活当头棒喝。后来倒腾服装被人骗了,东借西凑的一万块钱打了水漂。做不了秦大头,当不了秦二头,连秦三头也不如了,气得父亲骂他是窝囊废。

我要做一条好汉!青臣在江湖中行走,把手指攥得叭叭响。

一个人蹬着三轮车,摇摇晃晃走过来。青臣看着骑车人很吃力的样子,跑过去说,需要我帮忙吗?骑车人转过身,竟是秦三头。秦三头白了青臣一眼说,你做生意,你爹借了我两千块钱,你若是把钱还我,就是帮了我的大忙。

青臣脸红了,转身跑向城外。

城外有一男一女拉拉扯扯,先是女人骂男人,后来男人打女人,女人像一只绵羊似的哔哔叫。一些人在围观,却没有一个过去劝架的。青臣想到了前几天的谋杀案,是一个男人杀了一个女人。青臣血气上涌,走上前,一拳就把男人撂倒了,又加上一脚说,看你以后还敢欺负妇女!

青臣这个解气啊,好汉就该打抱不平,拔刀相助。

女人没有感谢青臣,愣了一下,跑过去摇晃着男人说,孩子他爹,你没事儿吧?

绵羊一样的女人看到男人被打得很严重,马上变成了狮子一样的女人,扑到青臣身边,不依不饶地怒吼,你凭什么打人?

男人爬起来,吐出一口血痰,拿出电话报警。青臣这个气啊,你们两口子打架为什么不在家里打?

从派出所出来,青臣不再趾高气扬,而是低着头走路,像是数蚂蚁。青臣再也不当好汉了,也许自己就是个窝囊废。

青臣到建筑队打工,寡言少语,踏踏实实干活,半年挣了五千块钱。有了本钱，青臣就不再去打工了，在城外摆了一个水果摊，起早贪黑做起了生意。

青臣从不缺斤短两，生意渐渐红火起来。青臣还在水果摊前放了几个暖瓶，挂着免费喝水的纸牌。青臣还在水果摊前放了一个打气筒，挂上免费充气的纸牌。过路人有的来喝水，有的来充气，临走跟他微笑着说一声谢谢。

有几个提鸟笼子的老人来凑热闹，说说笑笑，讲一些趣闻轶事，青臣听得一脸灿烂。

过来一个蹬三轮车的人，驮着沉重的物品。恰巧前面是上坡，青臣就跑过去推一把。蹬三轮车的人说，谢谢你了，小伙子。青臣听着耳熟，是秦三头。

四目相对，秦三头笑笑，伸出大拇指说，好汉！

青臣泪流满面。

能　耐

在元城，评价一个人，就说这个人有能耐，或者没能耐。当然了，有能耐的人要受人尊敬。比如唐三，就是有能耐的人。

唐三的能耐并不是体现在唐三的钱多钱少，而是有实权。唐三是葫芦巷的电工，家家户户用电归他管，唐三走路眼睛朝天，你能说唐三没能耐？在葫芦巷这一亩三分地，谁也别想别得过唐三。比如索子，开着一个小饭馆，才红火几天就找不到北了。中午12点，食客正多的时候，突然没电了。索子跑到街上，对门饭馆的鼓风机嗡嗡响，电风扇呼呼转，你说气人不气人？

索子骂骂咧咧去找唐三，你为啥停我的电？我又不欠你的电费！

唐三一点儿也不急，慢腾腾地说，电压超负荷了，上级命令我拉闸限电，你说让我先从谁的头上开刀？

送你一串红灯笼

索子像燃旺的炭火被浇了一盆冷水。索子说，反正你不能停我的电。

唐三说，你说话别这么横，电是商品，谁用谁花钱，我还盼着你用电呢。可是上级有命令，总得找个限电的地方吧？不停张三就得停李四，我也是没办法。有能耐你找电力局长，别让停电。

索子转一圈，急过了，气过了，还得低头，生意可是耽搁不起。停一天电，别说不能营业，冰箱里的50斤白条鸡全得馊了。索子出去买回来两盒好烟塞给唐三说，算你有能耐，以后还得靠你关照，走，到我饭馆喝几盅。

电送上了，鼓风机、电风扇开始转起来了，煎炒烹炸，索子一阵忙活。唐三隔三岔五的，来索子的饭馆吃饭。吃饱喝足，拍屁股走人，索子不敢要钱，还得像孙子一样敬着他。有时候喝得醉醺醺的，唐三说，你的生意，是我照顾的，是不是？你说是不是？索子两只手在围裙上搓着，点头哈腰地说，那是那是。

似水流年，一个个日子拥挤着过去了。今年春天，唐三的电工被撤职，索子也就不惧唐三了。不当电工的唐三又来索子的饭馆喝酒，临走，索子横在门口说，买单！

唐三愣了一下说，你也学会欺负我了？你这是忘恩负义，过河拆桥。

索子哈哈笑，吃饭拿钱，天经地义，你是明白人，别说糊涂话。你不来我饭馆吃饭，我不会找你要钱。

唐三睥睨的眼神在索子身上扫了一下说，真没看出来，

169

你也能耐了。不就是俩小钱嘛,给你。唐三甩下五十块钱,扬长而去。索子说,这就对了,您慢走。

唐三忽然停住脚,回过头说,虎落平阳遭犬欺,你们这些见钱眼开的商人,伤人啊。

索子说,好汉不提当年勇,您别把话说得那么难听。你不做电工了,也不要端着架子了,就不能干点别的?摆个小摊也比人不人、鬼不鬼地混日子好啊。

唐三说,这个就不劳你操心了,我想建一个养殖场,可惜没资金啊。

索子说,我不操心行吗?不就是钱吗?需要多少,尽管吱声。

唐三不信,你有那么好?索子说,您是能耐人,咋这样说话呢?人这一生,谁没有磕磕绊绊?关键时候要相互拉一把。

后来,唐三在索子的帮助下,把养殖场建起来了,天天来索子的饭馆拉泔水。唐三说,索子,你的能耐比我大多了!

民间刘邦

父亲不识字，却很能讲故事。父亲眯着眼睛，深深吸一口旱烟，缓缓吐出来，一缕烟雾在他脸前缭绕。父亲最喜欢讲的是刘邦，从亭长讲到皇帝，原本复杂的故事和宏大的战争场面，从父亲的两唇之间滔滔不绝，精彩无限。

讲完了，我们听得意犹未尽，央求他再讲一段。他笑笑，在地上磕磕烟锅，轻轻咳嗽着说，明天接着讲。

有一次，父亲在街口盘腿而坐，我和弟弟，还有许多孩子围坐在父亲身边，听父亲讲刘邦的故事。讲到兴奋处，父亲问我们，刘邦为什么能得天下、做皇上？我摇摇头，弟弟摇摇头，大家都摇摇头。父亲这才告诉我们，刘邦很自信啊，一次次失败，一次次从头再来，这叫屡败屡战。

这时候，父亲的眼里就会闪烁着亮光。

我在父亲的故事中一天天长大，离开了家，到北京读大学。父亲给我打电话，总是叮嘱我，向刘邦学习。我说你放心吧，我一定能做皇上的。父亲一听就乐了，这才是我的好儿子。

大学毕业，我到一家公司上班，却处处受挫，干脆辞职下海，做生意，在元城开了一家服装店。孰料生意场上也不是顺风顺水，很快我就面临着关门的困境。父亲来看我，我低着头说，我辜负了你。父亲说，我就是怕你情绪低落，专门来告诉你，咱不会和穷日子过一辈子的。你看看人家刘邦，从亭长到皇帝，好多学问呢。

那天晚上，父亲陪着我，和我讲刘邦的故事。这些故事，我都听一千遍了。天亮，父亲急匆匆坐班车回去了，说我弟弟承包了60亩荒山，家里忙着呢。

我利用朋友关系，贷了款，重打锣鼓，找到一家品牌服装，把我的门店改成了他们的专卖店，很快就柳暗花明，打开了局面。一年后，我在朋友的帮助下，开了几个分店，生意越来越火爆。

秋后，父亲又来找我，原来弟弟承包的荒山种果树，成堆的苹果卖不上好价钱。弟弟一气之下，要把果树砍掉，父亲着急了，让我帮他。正好我有一个同学在农业局做副局长，我请这位同学帮忙，从外地引进一批优质品种。三年后，苹果卖到了上海，价钱是本地苹果的几倍。弟弟成了元城的果树状元。

父亲心里乐开了花，给我打电话，说我弟弟有钱了，被选为村长。弟弟还在果园里养鸡养鸭，盖了一座小别墅，让我回家看看。

送你一串红灯笼

这时候,我也成了元城商界的巨头,拥有两座商城和几十家门店。

父亲七十岁大寿这一天,我终于回到老家。我的轿车停在弟弟的果园,就看见父亲和弟弟在迎接我。

父亲一手拉着我,一手拉着弟弟说,你们俩,一个是商业刘邦,一个是乡村刘邦,今天的寿礼看看谁的多。

我一愣。父亲说,我过生日,咋说也得给我几十万吧?我说一百万也没问题,你告诉我,你要那么多钱做什么?父亲说,你弟弟带领乡亲们致富,我也不能闲着,想给村里修一条柏油路,以后你回来,就方便多了。

我说这事儿包在我身上,我不仅修一条路,还要把大街小巷全硬化了,安上路灯,种上花草,跟城里一样。

父亲喝干一杯酒,脸蛋红扑扑的,一拍桌子,大喊一声,好小子!

福　婆

我上小学时，每天在福婆门前过。

因为婆媳不和，福婆跟唯一的儿子分着家，一个人孤零零过日子，邻街住着两间泥巴垛成的筒子屋。福婆嘴唇厚厚的，爱抽烟，有人看她一支烟抽完了，就忙着再敬给她一支。她却把嘴里噙着的香烟吐出来，晃一下说，长着呢。给她敬烟的人一看，果然长着呢，一颗香烟几乎被她的嘴唇全包进去了。

福婆在门前栽种了好多鲜花，到了春天，五颜六色，争奇斗艳，好多人来观看。花儿经常被人偷去，福婆也不急，就再补上一盆。

福婆常常坐在门前，一边晒太阳，一边瞅着来来往往的行人。身边放着一个打气筒，路过这里的人车胎瘪了，来充气，一次二分钱，成了福婆的经济来源。

在我们班，小红是个受气包，我们经常拿小红开涮。

送你一串红灯笼

常常有人故意说抽一支吧,然后捏着嗓子,学着福婆的样子说,长着呢。福婆是小红的奶奶,小红一听就会撅着小嘴冲我们翻白眼。

有一次,我们在路边捡了几枚吃糖果的人丢弃的糖纸,然后找几粒羊屎蛋蛋包进去,充作糖果,抛在福婆门前。福婆的眼神不好,当作是过路人丢的糖果,就小心翼翼地捡起来,放进衣兜里。我们下学了,她满怀欣喜地招呼小红,像是藏着天大的秘密,把糖果掏出来,塞到小红手里。小红打开糖果,发现是羊屎蛋蛋,气咻咻地把"糖果"摔到地上说,你怎么骗我啊。

这时候再看福婆,笑容不见了,指着我们的背影说,一准是那几个破小子在耍我。

天冷了,别人都穿上了棉衣服,我没有。我娘死得早,爹顾不上我,我成了没人管的孩子。上学的时候,我穿着爹的破棉衣,露着棉絮,冻得浑身发抖,鼻涕流好长。有一天起早上学去,在福婆门前过,福婆喊住我,从屋里拿出来一块土坯,用旧毛巾包一下递给我说,快揣怀里。我下意识地向后退几步,以为她因为糖纸包羊屎蛋蛋的事儿,要报复我。

她笑着说,快揣怀里,热乎着呢,傻孩子。我用手一摸,果然热乎乎的,还有些烫。

我把热土坯揣进怀里,暖流电一样流向全身。福婆拍拍我的脊背说,孩子,以后每天晚上我在炕洞里给你放一块土坯,留着暖身体。

175

我望着她傻笑，不知道说啥好。

那天早上，我还把热乎乎的土坯放在屁股下，放在手上、脚下，直到土坯慢慢变凉，我们也上完早自习，该回家吃早饭了。放学回家，路过福婆门口，我把土坯还给她，她说，明天早起我还给你留着啊。我冲她点点头，转过身一溜小跑，泪水在眼眶里打转转。

那个冬天，我被一块土坯温暖着，再也没有寒冷。闪过年，天气渐渐暖和起来，那块土坯被我的身体磨得光光的，滑滑的。

班里有个男孩子欺负小红，我帮小红，被那个孩子打得嘴角流血了。小红拉着我的手，找福婆包扎。福婆找来一块布，又找一撮草木灰敷到我的伤口上，一边给我包扎，一边说，你对小红好，以后让小红给你做媳妇。

小红的脸红彤彤的，低着头偷看我。我的脸也红了，我说奶奶，我再也不拿糖纸包羊屎蛋蛋骗你了。福婆笑了，我就知道是你小子干的好事。奶奶不生你的气，你们都是奶奶的好孩子。

送你一串红灯笼

借 钱

去年这个时候,安三买小猪,钱不够,跑了好几家都不肯借钱给他。刘小麦说,你带上这兜鸡蛋去俺娘家,找俺哥借吧。

安三只好来找大舅哥刘玉米。刘玉米经营着小卖部,手头宽绰。刘玉米见安三来了,打开一瓶酒,和安三喝起来。安三不好意思提借钱的事,只顾埋头喝酒。临走,安三抹一把红红的脸膛说,我想买小猪,钱不凑手。刘玉米转身回屋,拿了五百块钱塞到安三手里说,够不够?安三感激得泪水都下来了,千恩万谢地说,等小猪长大了,我卖了猪就还你。刘玉米说,啥也别说了,谁让你是我妹夫呢。

春节前,安三卖了猪,想买彩电。别人都有彩电了,安三家里还是黑白的,刘小麦天天骂他,骂完了就去邻居家里看电视。买彩电,还是钱不够,安三转了一圈又来找刘玉米。安三这一次带了两瓶酒,说哥啊,我欠你的钱就先不还

177

你了，反正你也不缺钱，我给你打个欠条吧。刘玉米说，打啥欠条，你还能坑我啊？临走，安三喝得醉醺醺地说，我买彩电钱不够，干脆你再借我几百元，一起还你。刘玉米又拿出一沓钱说，你用吧，啥时候有了再还我。

春天，安三买化肥，手里只有二百块钱，又到刘玉米家来借钱。安三心说有个富亲戚就是好。刘玉米正在盘货，见安三来了，就给安三递烟。安三吸一口，开门见山说，哥啊，我想再借你几百块钱买化肥，秋后卖了棉花一起还你。

刘玉米苦笑笑说，你看，我的小卖部亏本，如今连批发货物的钱也没了。安三说，你是害怕我不还你啊？刘玉米忙说，不是那个意思，我一时半会儿钱不凑手。

安三转身出来，把手里吸了半截的烟摔在地上，踩在脚下。

回到家，刘小麦正在洗衣服。刘小麦说，好借好还再借不难，咱不能光向人家借，不还人家啊。安三气狠狠地说，刘玉米看不起人，这次他不借，我有钱了也不还他。

说着话，安三的妹夫提着一只鸡来了。安三妹夫说孩子有病了，要去县医院，你能不能先借我几百块钱用用，秋后卖了棉花就还你。刘小麦说，孩子看病是大事儿，我们买化肥的二百块钱，你先拿去用吧。安三白了刘小麦一眼说，钱钱钱，哪里还有钱？不是都还你哥了？

妹夫说，你们别吵架，我不借了。说完悻悻地去了。

刘小麦说，人家急着用钱，咱不急，先让人家用用又能咋？

送你一串红灯笼

安三说，这借钱有学问啊，借出去就露富了。你有钱，他以后走顺路，还来借。你借给他十次，他感激你十次，第十一次不借给他，就把他得罪了。与其早晚要得罪，不如不借呢。你说是不是这个理儿？

刘小麦低头寻思，也是这个理儿。

天黑的时候，刘玉米来了。安三杵了刘小麦一下说，看吧，你哥来要账了。

刘玉米脸上堆笑，从口袋里掏出几百块钱说，白天钱不凑手，我帮你筹集了几百块钱，你先用着。

安三不知说啥好，拉着刘玉米的手说，刘小麦，赶快给咱哥猪肉炖粉条。

刘玉米走了，刘小麦把刘玉米留下的几百块钱递到安三手里说，谁都有手头紧的时候，要帮一把的。这钱，你给妹夫送过去，咱买化肥再想别的办法。

安三嗯一声，骑上自行车就出了门。

永远的牵挂

门岗警卫室给我打电话说,文局长,有个长得像赵丽蓉一样的老太太要找你。我听了心头一震,一定是娘来了。

我跌跌撞撞跑下楼,果然是我娘。我上前搀住她说,娘,你咋来了?你打电话啊,我去接你。娘伸展胳膊比划几下说,娘的身体硬朗着呢。

娘打量着我,才一个月没见面,像是隔了几十年。娘摸摸我的额头说,俺儿瘦了,瘦了。我说我没瘦,体重一点儿没减。

娘呵护我的一幕幕在脑海里浮现。

上学的时候,路过一条河,娘每天送我,背我过河。我趴在娘的背上,望着河水缓缓流过。娘把我送过河,再去田里拔草,还要放牛。一直到12岁,我说我自己能过河,娘还是不放心。我说我都和你一样高了,娘说,再高也是个孩子。

送你一串红灯笼

　　日子穷，天冷了还没有棉衣，娘起早贪黑去捡棉花。天天在干枯的棉柴上一点点翻弄，一双手磨得起了泡。一连20多天，娘捡回五六斤，连夜做了一身棉衣。天亮的时候，娘喊醒我，揉着熬得通红眼睛说，粒粒，来试试合身不合身。

　　后来我上了大学，娘命令我三天给她打一个电话，打给村里小卖部的丁老歪，丁老歪再通知她去接。有一次我忘了打，第二天想起来，急忙打过去。电话一通，丁老歪就说，你娘已经等两天了，吃完饭就在这里坐着，等你的电话。

　　娘迫不及待的接了，第一句话就是：孩子，你没事儿吧？

　　毕业了，我分到元城县文化局上班，过年，带着热恋的女友小梁回老家。娘望着漂亮的小梁愣住了，半天才回过神来，手在衣襟上搓搓说，我给你们做饭去。娘抱了柴，在厨房烧火做饭，我去看她，娘眼睛红红的，显然是哭过了。我说娘，我替你烧火吧。娘瞪我一眼说，去去去，多好的姑娘啊，陪人家说话去。

　　一会儿，一盘炒鸡蛋端上来。小梁喊一声妈，娘的眼泪下来了，颤颤地应了一声，转身取出来一个绿色的手镯，在衣襟上擦擦递给小梁说，姑娘啊，俺也没有啥好东西，这是俺家祖传的一只手镯，送你吧。

　　小梁笑笑，戴在手腕上又退下来说，妈，您的心意我领了，还是您留着吧，就当是您替我保存着。娘愣了，把我拉到一边说，姑娘不会是嫌弃我的手镯吧。我说娘，你就放心吧，明年准让你抱孙子。

结婚了，娘总是打电话，劝我别跟媳妇吵架。她说看电视上的城里人总是两口子吵架，吵来吵去闹离婚。娘说，那么好的媳妇，你让着她点，媳妇就是让男人来疼的。又过一段时间，小梁的肚子鼓起来的时候，娘来城里，把那只手镯给我说，你们啊，租住房子不是个办法，把手镯卖了，买个房子吧。

手镯卖了30万元，把小梁激动得抱着娘掉眼泪。小梁说，娘，您和我们一起住吧。娘说，我还能自己干活，等我走不动了，再让你们养着。

我把娘搀进我的局长办公室，倒一杯水。娘说，你没事儿吧。我说我没事儿，你放心吧娘。娘说昨晚在电视上看到一个贪官被抓，心里七上八下。我说，为了娘，我没事儿的。娘说，那就好，那就好，你要是成了贪官，娘没脸活下去。

娘在口袋里摸索着说，粒粒，你闭上眼睛。我附在娘身边说，我把眼睛闭上了。娘把一颗糖塞进我的嘴里，问我，甜不甜？

我说甜。我的声音哽咽了。

在母亲面前，我永远是个长不大的孩子。

送你一串红灯笼

母亲爱听悄悄话

母亲不能听别人猛然叫她，若是冷不丁喊她一声，她会因为受了惊吓而突然休克。

有一次，二妹从外面慌慌张张跑进来，上气不接下气地喊，娘，娘，咱家来亲戚了。下半句还没喊出来，母亲翻一下白眼，倒在地上没了呼吸。二妹不知所措，幸亏来的亲戚懂一些急救知识，赶快掐人中，母亲好长时间才回过神来。

母亲的病缘于我。

我五岁那年，父亲拉着母亲的手说，一定要把俩孩子抚养成人。说完，父亲就咽了气。母亲带着我们过着清汤寡水的日子，难得见一次荤腥。母亲生日那一天，我为了要让母亲喝上鱼汤，偷偷和几个小伙伴去抓鱼，不慎跌入水塘。幸亏那天水塘边有个钓鱼的老汉，疯了一样喊救人，才把我们救上来。有人认出是我，赶快去喊母亲。

母亲正在不远处的田里给生产队挖红薯，听到有人大声喊她，狗蛋他娘，快去看看吧，你家狗蛋掉水塘里了。母亲身子哆嗦一下，一双小腿像是飞了起来，跌跌撞撞向水塘边跑。三里地，也不知道母亲哪里来的力气，跌了几个跟头，一直跑到我身边。看到我像死了似的一动不动，母亲愣一下，背起我向医院跑。

我吐了母亲一身水，趴在母亲背上喊了一声娘。母亲满头大汗，猛地扭转身，喊一声娃他爹，咱娃没死。再看母亲，扑通一声倒在地上，休克了。乡亲们一拥而上，折腾一阵子，母亲才慢慢醒过来。

母亲落下这病根儿，我们有啥事儿也是轻声细语，小声告诉她。哪怕家里着了火，也得装作没事儿一样，一点点给她说。

我考上大学那一天，悄悄趴到母亲耳边说，娘，我告诉你一件好事儿。母亲脸上笑成一朵花，说啥事儿？我说，我考上大学了。母亲听了，抱着我哭起来。

要离开母亲了，我给母亲装了一部电话，我说我以后常给你打电话。后来我打了一次，母亲就不让打了，说日夜守在电话旁，一听电话铃声就担心是我出了什么事儿。母亲说还是把电话撤了吧，你不要给我打电话，我给你打吧。

我就常常接到母亲的电话。母亲打电话要走很远的路，到村口的电话亭。母亲每次都嘱咐我，不要在水塘边玩，出门走路要看车，打雷的时候不要站在大树下……絮絮叨叨，没完没了。我压低声音说，娘，你放心吧，我记住了。

参加工作后，我把母亲接到城里。有几次下班回家，总

送你一串红灯笼

见母亲站在小区门口张望,看见我,笑着迎上来。我说娘,我又不是小孩子,你还不放心啊?母亲说,娘在家没事儿,看电视,看到一个人收了别人的钱,后来被逮了。你在单位也是个头头,娘担心啊。

我一怔,娘,咋会呢。

几乎每次下班,我都能看到母亲接我的身影。

过年,有人来家里串门,留下两条高档烟。临走,母亲说啥也要人家把烟带走,弄得我挺尴尬。还有一次,我正在办公室,母亲悄悄进来。我说,你咋来了?母亲说,我看看就走,看看就走。

我趴在母亲耳边说,娘,为了你,我没事儿的。

79岁的母亲像是很累很累,突然倒在沙发上,憔悴了许多。

社会万花筒之中国微小说系列丛书

母亲的夏日

家里穷困潦倒无所谓,文三不恨家里穷。穷是啥?文三有一身力气,能吓得穷字倒退三步。文三恨母亲。文三自然有文三的道理。

有一次文三听人背后嚼舌头,说的是文三。文三后来费尽周折找到收生婆文二嫂才证实了这件事儿。

文三刚生下来的时候,想生闺女的母亲嫌弃文三是个小子,拖着长腔哭诉,已经有俩小子了,咋又是个破小子啊。文二嫂说,三个小子也不算多,几年后就是一条汉子。母亲说,半大小子,吃死老子,多一张嘴更是揭不开锅了。母亲坐起来,要把文三丢进马桶溺死。

在乡下,溺死孩子的事儿屡见不鲜。

马桶是木板做的,晚上提进来,白天提出去。文三被丢进马桶,像是反抗一样在马桶里面扑腾。母亲见状,顺手抓起一个铁盆子扣到马桶上。文三呱呱啼哭,一阵踢腾,小手

送你一串红灯笼

抓得铁盆子叮叮响。文二嫂心软了，制止母亲说，给孩子留条命吧。

虎毒不伤子呢，文三气愤愤地问母亲有没有这事儿。母亲倒是不瞒，坐地上一边哭，一边说，我作了孽啊。

两个哥哥娶媳妇花了好多钱，像是把这个家掏空了。家里穷，少盐没醋，文三高中没毕业就咬紧牙关到石料场打工。

石料厂的活儿很累人，文三干几天就不想干了。母亲说，没听老人说，力气是奴才，去了还回来，休息一晚上就不累了。

文三白了母亲一眼，母亲不说话了。

那是一个夏天，中午从石料场回来，在家里吃午饭，有俩小时的休息时间。母亲给他炒鸡蛋、炸菜角、煮面条，劝他多吃点，吃饱了身上才有力气。文三不抬头，风卷残云，三碗面条见了底。

母亲说，你睡吧，到点我喊你。

身上像是散了架，文三躺下却睡不着。屋后有两棵大杨树，落了好多的蝉，叫得聒噪。文三说烦死了，烦死了。母亲说，睡不着？躺一会儿也好，让身上的力气恢复一下。

还是太累了，文三慢慢地睡着了，睡得好香。

母亲喊醒文三，已经给文三备好了洗脸水。文三洗一把脸，就向石料厂走。

每天都是这样，眼瞅着快要把这个夏天过完了。

有一次不想睡，母亲硬是逼着他睡一会儿，攒好力气，还干活呢。

文三躺了一会儿，干脆起来到街上转。走到屋后，却发现母亲手里举着一个长长的竹竿，是两根竹竿接起来的，在两棵杨树之间跑来跑去。

大热的天，你干啥呢？文三有些生气了。

母亲憨笑着说，咋不睡了？

文三抬头看看大杨树说，这三个月你是这样过来的？

三个月了，母亲为了让文三好好休息，每天中午举着大竹竿捅两棵大杨树，不让蝉的叫声影响文三睡觉。

天下哪有不心疼自己孩子的母亲呢？文三夺过母亲手里的竹竿，眼里盈满了泪。

母亲说，你去休息一会儿吧，还有10分钟就该上班了。

送你一串红灯笼

母亲的纸条

她是四个儿子的母亲。在一个偏僻的小山村,她先后把四个儿子送进大学,又都回到县城做了领导。

那时候家里穷,穷得一家六口人只有两条被子。丈夫拼命挣钱,在建筑队砌墙,掉下来就再也没睁开眼睛。她哭过了,紧紧地把四个儿子揽在怀里。四个孩子大的12岁,小的还吃奶。别人劝她再走一步,守着这个家,啥时候熬出头啊!她摇摇头,苦笑笑说,日子已经坏到这个地步了,还能坏到哪里去呢?总不会开除我的球籍吧?

球,指的是地球,乡下人开玩笑的一句话。

丈夫有个弟弟,想把她赶走,占她的宅基。小叔子的觊觎使她横下一条心,白天拼命在田里劳动,晚上回到家缝缝补补,困了累了,打个盹天就亮了,爬起来向田里走。没帮手,她一个人硬撑着,比男人还男人。

四个儿子,老大、老二、老三、老四,像四个小老虎,

189

吸干了她的身子。

老大16岁那年考上县一中。老大悄悄把录取通知书藏起来，跟母亲说没考上，要帮母亲下田干活。她黑了脸说不行，没考上就再去复习，明年继续考。老大只好把录取通知书拿出来，她的脸上荡开了笑容。

老大嘴里嗫嚅着，看一眼母亲，又把头低下。

她说，钱的事儿我想办法。

第二天，她从炕席下取出一堆零零散散的纸币，像一团枯树叶子。在油灯下数来数去，正好够老大的学费。

送老大上学，她连夜做了一兜干粮。除了学费没有多余的钱，要靠老大步行到县城，她送了一程又一程。老大跺着脚让她回去，她从衣襟下取出一个折叠得整整齐齐的纸条说，那我就不送了，这是娘写给你的，你留着。

老大拆开看了，眼睛酸酸的，大叫一声娘，转身走了。

秋风吹乱了她花白的头发，她望着老大的背影发呆。

老四得了一种病，腹泻不止，渐渐昏迷不醒了。村里的医生说，赶快去乡卫生院吧。她背着老四，身后跟着老二、老三，跌跌撞撞地一口气跑到乡卫生院。医生摇摇头说，没啥希望了，离县医院这么远，走到县医院就晚了。

我要去县医院！她背上老四，疯了似的转身就走。

天已经黑透了，40里山路，跑得上气不接下气，天亮的时候才到县城。她跌倒在县医院门口，身子像是散了架。

交住院费，她掏出身上所有的钱，还差400元。天啊，这可咋办？她的身子开始颤抖了。她让老二、老三守着老四,自己出去借钱。她说,我想起来了,咱跟城里有个亲戚,我去找亲戚帮忙。

天上飘起了雪花,她手里攥着钱,跟跟跄跄回来了。她脸色苍白,有气无力地说,累死了,累死了,亲戚还算给面子。

才三天,钱又不够了,她又要去亲戚家借钱。老二悄悄跟着她,才知道他们家的亲戚原来就是血站。

终于把老四从鬼门关拽了回来。老四迷迷糊糊地睁开眼睛说,娘,俺渴。

那一刻,她兴奋地跳了起来。

后来,老二、老三、老四也先后考进县一中。每一次筹集学费,她都要去城里,去找城里的亲戚。每个孩子离开她的时候,她都要依依不舍地送一程,把一张折叠得整整齐齐的纸条送到孩子的手掌上。

多年后,弟兄四个把母亲接到城里住。谁也知道城里有他们的亲戚,谁也没有去问母亲,像是恪守着共同的秘密。

母亲去世那天,灵前摆放着四张发黄的纸条,上面歪歪扭扭地写着同样一句话:孩子,咱家穷,一没有钱,二没有后台,想改变命运就要靠自己努力。

四个儿子望着母亲的遗像,泪流满面。

请母亲吃饭

母亲一直住在乡下,突然打来电话说想到市里来。我推掉了一切工作和应酬,打算陪陪母亲,找个好一点的酒店,请母亲吃饭。

在我们兄妹的印象中,母亲是了不起的人。小时候家里穷,尤其是父亲去世后,母亲拉扯我们兄妹三个,有玉米饼子吃就已经很知足了,一日三餐谁也不敢奢望有蔬菜吃。吃饭时,大家蹲在灶屋里,手里拿着一块玉米饼子啃。隔三岔五的,找一块盐粒子,用水化开了,一家人争先恐后地蘸着吃。也有奢侈的时候,找个干辣椒,在火堆里烧焦,搓成粉,用米汤搅和,简直是美味了。而更多的日子,母亲能别出心裁,让我们的一日三餐吃出花样来。

母亲从姥姥家抱回一只鸡,天天捡一枚蛋。母亲把鸡蛋打碎了,多放一些盐,用油煎一下,一家人蘸着吃,难得的荤腥啊,足够我们兴高采烈地打牙祭了。

送你一串红灯笼

这样的美景没有维持多长,家里的鸡莫名其妙地死了。母亲叹一口气,把鸡炖了,灶屋里香气袅袅,馋得我像狗一样流口水,拿着碗筷坐在母亲身边,不时地问鸡肉熟了没有。母亲说快了快了,在鸡汤里加了一把盐,又加了一把盐,兑进去一锅水。漂浮着几块鸡肉,惹得馋虫子在我的喉咙里纷纷伸脑袋。好容易煮熟了,挑一块鸡肉向嘴里送,却像嚼了盐巴,哇一下吐出来,咸得我龇牙咧嘴。

母亲说,别急别急,当咸菜吃呢。

吃完了鸡肉,我们小心翼翼地用馒头蘸着鸡汤,吃得津津有味儿。一大锅鸡汤,我们一家人吃了十几天,最后把锅擦得干干净净。

母亲不吃鸡肉,甚至连鸡汤也不吃。母亲坐在门槛上,低着头啃玉米饼子。我把一块鸡肉送到她碗里,她又用筷子夹给我说,我跟鸡肉有仇。我睁大了眼睛,这么好吃的东西,你咋和它有仇呢?母亲说小时候吃鸡肉吃得饱饱的,吃完就睡着了,醒来以后,再也不想吃鸡肉了,闻到鸡肉味儿感觉恶心。

我们都替母亲惋惜。咋能不想吃鸡肉呢?人间最好的美味啊!

我曾经吃过一次大葱,也是吃完就睡了,醒来再也不想吃大葱了。母亲大概和我吃大葱一样,吃闷了。

如今,母亲难得来一次城里,我一定要母亲在城里住几天,让母亲品尝元城第一楼最有名的菜肴。

母亲来了,我说去元城第一楼。母亲摆摆手,听你二婶说城里有自助餐，鸡鸭鱼肉随便吃，我早就寻思着吃自助餐了。

我说哪能吃自助餐呢？

母亲说，我想自助餐好长时间了，就是来城里吃自助餐的。

母亲拉着脸，有些不高兴。我只好带她去醉仙居吃自助餐。

醉仙居各种菜肴琳琅满目。我跟母亲说，你喜欢吃什么？母亲笑吟吟地说，鸡肉。我说您不是不能吃鸡肉吗？母亲说，谁说我不能吃？我最喜欢吃鸡肉了。

母亲吃了一大盘，又让我给她盛。我说多吃些青菜。她说，放着鸡块吃青菜？青菜家里有的是，这么好的鸡块，不吃多可惜啊。

我不好意思阻止她，眼瞅着母亲吃了三大盘鸡块，吃得服务员的眼睛不停地扫。母亲拍着肚子说，鸡肉随便吃，赛过神仙啊。

晚上我让母亲吃点水果，母亲说，啥也吃不下了。

半夜里，母亲开始腹泻，痛苦地呻吟，我把她送进医院。

第二天，母亲肚子不疼了，嚷着要回家。母亲说，羞死了，羞死了，以后再也不来城里了，给你们添麻烦，给你们丢脸。

我抱紧了母亲，泪雨纷飞。

母亲的神龛

母亲的身板高高大大，走路风风火火，说话粗声大嗓。用我奶奶的话说，比男人还男人。

父亲却体弱多病，常年趴在炕上，像拉风箱一样，呼哧呼哧地喘气。我和姐姐年龄小，家里的重体力活儿全落在了母亲肩上。母亲每天起早贪黑去田里劳动，收获了粮食，卖掉，变成我们的学费。

记得我10岁那年的一个夜晚，因为邻居家里刚有人去世，白天听了鬼故事，总感觉身后有一个阴影，吓得我不敢出门。母亲说，人死如灯灭，哪里有什么鬼？全是骗人的。

我依然不敢独自出门。母亲牵着我的手在黑暗中走来走去，跟我说，男孩子头上有一团火，只要咱不偷不抢，不做亏心事，干任何事儿也不要害怕。

母亲不信神，不信鬼，相信自己的双手。村里的好多人去烧香，母亲不去。母亲说，不劳动，求谁也没用。村里的小孩子害病了，都是去找神婆，跪在神像前祷告，听神婆哼哼唧唧又唱又跳请神驱鬼。母亲从来不信那一套。我们头疼脑热，直接送我们去卫生所，让赤脚医生王大拿给我们打针。过年，家家户户张贴神像，祈求五谷丰登，全家平安，唯有我们家不张贴神像。母亲说，如果神仙能显灵，就不要劳动，只在家里求神仙好了。

在母亲的操劳下，我和姐姐都不相信神鬼，胆子大了起来。我们先后考上大学，离开了母亲。经过几年的打拼，姐姐已经是县长了。而我，下海经商，承包一个煤矿，做了矿长。我们把母亲接到城里，母亲住了三天就嚷着回老家，说你们家就像鸟笼子，太憋屈了。

母亲在乡下老家，我们只有逢年过节才能回去和她团聚。

年三十，我和姐姐分头从城里回老家。一进家门，鸡在院里咯咯叫，大红的春联贴在破旧的门板上，颇有几分诗意。母亲迎出来，脸上乐开花。

吃晚饭的时候，母亲把做好的年糕、我们带回来水果摆放在一个神龛前，还有叠好的一大堆金元宝。母亲跪在神龛前焚香，嘴里念念有词。我和姐姐对视一下，走过去问母亲，娘，你怎么也信神鬼了？

母亲白了我一眼，压低声音说，别瞎说，神仙灵验着呢。

我便禁了声，跟姐姐说，娘老了，越来越糊涂了，竟然信起神鬼来了。姐姐说，只要母亲高兴，信就信吧。

我们便偷笑着，听母亲祷告。

母亲作了个揖说，保佑俺儿子的煤矿别出事故，保佑俺闺女多给老百姓办好事儿，不要犯错误。我去年许下的愿，今天该还了，给您一百个金元宝。

我和姐姐一下明白了母亲。我们默默走过去，帮母亲把金元宝焚烧了。

母亲笑哈哈的，打了我一巴掌说，你是男子汉，膝下有黄金，不要跪了。

母亲又冲着姐姐说，你是公家的人，也是不能下跪的。

晚上，我们像童年一样，一左一右睡在母亲身边。半夜里，我被惊醒了，看到母亲坐起来，从枕头下面取出父亲的遗像，自言自语说，他爹，俩孩子都有出息，给你长脸了，你在那边好好保佑孩子别出事儿。如今的电视上常常有煤矿出事故，常常有当官的被撸下来，我害怕啊，不敢看电视了，整天为他们提心吊胆……

母亲窸窸窣窣起来了，又摸索着爬到神龛前，跪下来许愿。我起来了，姐姐也起来了。我说，娘，神仙可灵验了。姐姐也说，咱们一起许个愿吧。

父爱是一味良药

父亲是带着我们一家到城里谋生的农民,对我要求严厉,近乎苛刻。小时候,我一直在恨我的父亲。

我八岁那年,有一次放学回家晚了,他还要逼着我去市场上帮他卖菜。母亲说孩子还小呢,让我去不行?父亲说话像打雷,瞪了母亲一眼说,你老老实实在家做饭!

和我一般大的孩子都依偎在父母身边玩呢,而我却在寒冷的灯光下整理烂菜叶子,帮父亲收钱,小手冻得通红。

周末,父亲让母亲休息,让我做饭。我不是把饭做生了,就是把菜炒糊了,父亲大声斥责我,以至于我怀疑自己是不是父亲的亲生女儿。

曾记得我九岁那年学会了擀面条,学会了烙饼,十三岁就能帮他蹬三轮去批发蔬菜了。

上学要走很远的路,同学们都是家长骑车送,父亲从没送过我一次,也不让母亲送我,而是让我自己走着去。他

送你一串红灯笼

说,他上学的时候要走几十里的山路呢。从家里到学校要路过五个十字路口,他除了叮嘱我过路口要小心,似乎不关心我的辛苦。有一次快要上课了,我才起床,母亲央求父亲说,你送送孩子吧。父亲一瞪眼,迟到了是个教训,看她以后还敢不敢再起晚。

父亲不仅对我严厉,对自己还非常抠门。我们家不至于吃不起菜吧,他却把卖剩下的烂菜叶子弄回家。更让我生气的是我的花格褂子很旧了,母亲要给我买一件新的,父亲百般阻挠,说考不上前三名,就不给我买新衣服。气得我噘着嘴去上学了。

我在对父亲的怨恨中长大了,想着尽快离开这个家。大学毕业后,我义无反顾地留在了离家千里的省城。我谈恋爱也没有跟父母商量,很快就建立了自己的家庭。

在城里买房子对我们来说是一件很奢侈的事儿,只好租房子住。后来有了孩子,我和老公的工资除了房租和孩子进幼儿园的学费,所剩无几,拥有自己的房子依然是我们的梦。我精打细算过日子,积攒了一点钱,可是交了首付,每个月的按揭贷款我们也承担不起啊。现实生活不允许我大手大脚,工资总是要算计着花。被逼之下,我到批发市场背回来一包女人服装,晚上到路边摆地摊。

过年的时候,父母来看我。父亲掏出来一个存折说,听说你要买房子,别贷款了,要出利息的。这是30万元,不够我再想办法。

我呆呆地望着苍老的父亲,沉默良久,压低声音说,我以后会还你的。

　　父亲生气了，又一次瞪圆了眼睛说，哪个要你还钱？我和你妈拼命挣钱，还不都是为了你？

　　母亲说，傻孩子，你不知道啊，你爸最疼的就是你。那时候让你自己上学去，你爸每次都是跟在你身后，看着你走过一个个路口，一直送到学校才回家呢。

　　我一下明白了，原来父爱是一味医治懦弱的良药，让我学会了坚强。

　　我再也控制不住自己，抱紧父亲，泪如雨下。

送你一串红灯笼

父亲的梦

父亲在田里劳动,不时地抬头去看公路上来来往往的小轿车,脸上笑眯眯的,嘴里啧啧的。累了,坐在田埂上休息,父亲喃喃地说,要是咱们家里能有一辆小轿车该有多好啊。母亲白了父亲一眼说,做你的美梦吧。父亲深深抽一口烟,又把烟雾吐出来,轻轻咳嗽着说,有梦总比没梦好,有梦总比没梦好。

说完这话,父亲用手抚摸了一下我的小脑袋。

有一次早晨起来,父亲脸上挂着微笑,嘴里哼起了小曲儿。母亲说,大清早你得了哪门子喜?父亲说,我昨晚做了一个梦,梦到咱家买小轿车了。我开着车,拉着你,还有咱儿子。车开得真快,像腾云驾雾一样,一头钻进元城。母亲哼了一声说,美得你,这辈子也不一定能坐上小轿车。

村里开面粉厂的马大头买回来一辆小轿车,父亲跑过去围观,用手摸着光光的车门说,这油漆,比绸子缎子还光滑呢，像小孩子的皮肤。马大头看见了，大声呵斥说，你想干什么？摸坏了你赔得起？我父亲说，我摸一下能摸坏了？马大头说，摸不坏，会摸脏的。

父亲的手缩回来，跺脚而去。

我高中毕业那年秋后，父亲卖了玉米，把钱攒起来。父亲说，留着买小轿车呢。母亲说，就这点钱，连买一个车轱辘也不够呢。父亲说，一点点积攒吧。我打算送咱儿子去驾校，先学会开车。

可惜我没去驾校，而是去了元城打拼。临走，我向父亲发誓，我一定开回来一辆小轿车。父亲笑得很天真，拍着我的肩膀说，我就等着这一天。

我在元城做生意，跟着朋友倒腾家电，却总是亏本。我有点怀疑自己不是做生意的料，打了退堂鼓，准备到建筑工地去做小工。父亲却打电话过来，说今年咱们家的玉米丰收了，攒下来的钱够买两个车轮子了。

为了父亲的梦，我决定再去拼一把。我开始联系一个化妆品生产厂家，利用他们的资金，做专营店，做他们的总代理。就在生意刚刚有了起色，母亲打电话说，快回来看看吧，你父亲没明没夜地干，得了阑尾炎，要做手术。我赶到医院，父亲说，这个手术，要花掉一个轿车轮子。我们安慰他，父亲嘴里啧啧说，唉，一个轿车轮子没了。

随着生意的风生水起，我终于买了一辆雪铁龙。过年的时候，我开着雪铁龙回家，要给父亲一个惊喜。

我按着喇叭，父亲出门来看。当他发现车里坐的是我，

送你一串红灯笼

拉开车门擂我一拳,像个孩子一样跳起来说,这是咱的车?我说,爹,这是咱的车!

父亲拉开车门,一屁股坐进去说,带上我,围着村子转一圈。母亲说,天快黑了,孩子刚回来,休息一下,明天再拉你转。父亲瞪了母亲一样说,少废话!快把家里那盒好烟给我拿来。

我开着车,让父亲坐在副驾驶位置上,在村街上缓缓行驶。街头有几个人蹲在地上聊天,父亲让我按喇叭,然后下车,给大家发烟。一边发烟,一边笑眯眯地说,儿子买的车,比村长的车好呢,比马大头的车好呢。

晚上,父亲让母亲炒几个菜,破天荒地倒了两杯酒,说庆贺一下,俺儿子圆上了俺的梦。父亲又让母亲把他的存款取出来。我说车都买了,还要你的钱干什么?

半夜里,我不困了,发现母亲一个人在院里转悠。我说,我爹呢?母亲说,你爹跟你的小轿车睡去了。

啊?我急忙到门外,却听父亲在车底下说话。你放心,我看着车呢,别人偷不走。

我说爹啊,你干啥呢,回屋睡吧,咱的车有防盗装置。父亲从车底下钻出来说,我担心有小孩子用砖头在车上乱画。马大头的车就被小孩子划了两道痕,气得马大头骂了半天呢。

我说半夜里没有小孩子,你还是到屋里睡去吧。父亲很倔,说回屋里我睡不踏实。说着,又钻到了车下。

父亲的年货

小时候，家里没有电视，看电影是很奢侈的事情，一年难得遇上三五次。听父亲讲故事就成了我们的一大乐趣。村里人喊我父亲王大编，父亲也不急，笑着说，你也编一个试试。

家里缺吃少喝，大家都在为填饱肚子而犯愁，父亲却笑眯眯地讲故事。

尽管父亲讲的故事有好多编的成分，可是我们这些小孩子喜欢听。村街老槐树下，打麦场上，我们围坐父亲身边，听父亲讲杨六郎、岳飞的故事，讲刘邦打败项羽的故事。

后来我才知道，父亲讲故事很注重细节，以至于我惋惜父亲没有成为作家。父亲的故事是把大道理用精彩的细节诠释出来，生活化了。比如我吃饭总是剩下饭根，父亲就讲岳飞大战金兀术，吃饭的时候把碗舔得干干净净。岳飞说，不剩一颗米粒才能打胜金兀术。我听得睁大了眼睛，改掉了坏习惯。

送你一串红灯笼

我不喜欢姥姥来我们家。姥姥年岁大了,总是絮絮叨叨。父亲就给我讲刘邦摸鱼。有一次刘邦去姥姥家,路过一条河,就在河里摸了一条大鲤鱼,给姥姥炖鱼汤喝。姥姥摸着刘邦的脑袋,说他是个懂事儿的孩子,教给他一门绝技,足以天下无敌。

我问父亲,你从哪里来知道这么多故事?父亲打开我们家的小书柜,指着一摞子书说,刘邦、项羽、岳飞、杨六郎,都住在这里面呢!以后你上学认字,就不用听我讲故事了,这些书本讲得更精彩。

那一年,我八岁,正是上学的年龄,对书和文字产生了浓厚的兴趣。

父亲去镇上,舍不得吃饭,把吃饭的钱买成书,回来慢慢阅读。他说,再好吃的东西,过过嗓子眼就没了。买成书,放在枕头边,什么时候都可以看,长知识呢。

雪花飘,年来到。进了腊月门,家家户户准备着赶年集、买年货了。父亲卖了一只羊,跟母亲说,这些钱,够我们过年了。

父亲牵着我的手去赶集,有人跟他打招呼说,王大编,你买鱼还是买鸡?父亲笑笑,鱼有什么好吃的,鸡有什么好吃的。

镇上人山人海。我的小伙伴们都买了鞭炮,还有花花绿绿的彩花和糖块。我也要买,父亲却拉着我的手去书店。父亲只给我买了几块糖,剥一颗,塞进我嘴里说,买鞭炮是为了听响声,花了钱,响一下、闪一下就没了,糟蹋钱呢。咱不买，别人放鞭炮，咱依然可以看，依然可以听，别人又没有捂着咱的耳朵，也没有捂着咱的眼睛。别人花钱，咱和他们一起听响声，咱和他们一起看烟花。再说买成书就不一样了，能保存一百年，你看，我看，大家看，啥时候想看都可以。

父亲买了一摞子书，喜滋滋地拉着我回家来。走在村街上，别人见了，说大家都买鞭炮，买糖，你却买一摞子书。父亲像个孩子，乐颠颠地说，我这年货，比你们的年货金贵呢。

到晚上，家家户户燃放鞭炮，一个个鞭炮在我们头顶上炸响，还有烟花在夜空绽放。父亲拉我上房顶，高兴得像个孩子一样手舞足蹈说，啧啧，咱一样看烟花，一样听鞭炮响呢。

过年这一天，父亲还把书借给别人看。母亲说，咱们花钱买的书，咋能乱借？

父亲说，人家买的鞭炮，咱听响了，就该把书借给人家看。他的鞭炮响一下就没了，咱这书，他看完还要还给咱呢。

说这话的时候，父亲好像占了多大的便宜。

送你一串红灯笼

父亲给我送证书

小时候,每当我拖着一条腿划过村街,总会有一群小孩子跟在我身后喊瘸子、瘸子,我心里像刀扎一样。父亲跑出来,赶跑小孩子,然后把我背回家,安慰我说,咱是瘸子,可是咱的心不瘸,除了走路,哪一点儿也不比别人差。

人们不仅讥笑我,还讥笑父亲,说父亲摊上我这样的废物,是上辈子作了孽。父亲就很少上街了,常常蹲在院子里,一只大手插进头发里搓来搓去。

有一天,在电视上看到一个残疾人自强不息的事迹,我就试着练练书法,也要做一个让别人看得起的人。父亲高兴地到镇里给我买回墨水、毛笔和纸张,我就趴在床上写啊写。父亲在一边看,乐呵呵地说,儿子,你写得还真是那么回事儿。

我每天坚持练字,一天天长大了。

父亲天不亮就起来了,带着半口袋红薯和我的作品去县城。临走,父亲说,我找找书法家协会,要让村里人都知道我儿子不是废物。

　　县书法家协会的会员证书寄到村长家，父亲去拿，专门选在吃早饭的时候。父亲说，这时候街上的人多，让他们都知道俺儿子成书法家了。

　　父亲手里拿着证书，昂首挺胸走在大街上，向别人炫耀着。有人问父亲，是不是花钱买的？现在只要肯花钱，啥证书也能买。父亲听了，瞪着眼睛像吵架一样说，这咋是假的呢？盖着书法家协会的钢印呢！县长是他们的顾问呢。

　　有人说，这玩意儿不当吃、不当喝，要它啥用？父亲说，人家有名气的书法家，写一个字好几千块钱呢，顶咱三亩地的收入。

　　不信，不信，你儿子写几个字，你家就能盖小洋楼了？大家哄堂大笑。

　　父亲涨红了脸说，你们这些人，啥也不懂。

　　父亲把会员证递到我手上说，儿子，你是好样的，一定要努力！

　　在一个寂寞的日子里，我用父亲丢在家里的手机拨通了县书法家协会的电话。我说我是书协会员，并说了我的名字。对方一个甜甜的声音说我父亲找过他们，可是我还不够书协会员的条件，希望我继续努力。

　　我听了，呆然若痴。

　　后来，我的作品在报纸上发表了，还获了一等奖。县书法家协会正式吸收我为会员，还给我寄来五千块钱奖金。这事儿很快就在村子里传开了，好多人来我家问父亲有没有这事儿。

　　父亲不说话，手里捧着会员证书泪流满面。

父亲的秘密

在我们村,我是有名的酒鬼。你随便拉住一个人问他,酒鬼住哪里?那人准会用手指我家的大门。

我嗜酒滥觞于高考落榜那一年。望着别人上大学走了,心里像被灌了半斤砒霜,别提有多难受!午后,我一口气喝了一瓶二锅头,摇摇晃晃地去卧轨。父亲在我身后跟着,把我截回来,朝我屁股上踢了两脚。酒醒后,我迷恋上了写小说,对父亲说我要当作家了。父亲听了,比抱孙子还高兴,到镇上给我买回来一大堆文学名著。父亲说,小子,这回就看你的了。

我闷在家里写了半年,自我感觉离成功不远了。可是我把写的东西投出去,连退稿信也不见。我挺失望,说也许我根本就不是搞写作的料。我就开始酗酒,天天喝得烂醉如泥。又一次喝醉了,我把文学名著扔得到处都是,稿纸满天飞,发誓不写了。

社会万花筒之中国微小说系列丛书

　　这时候父亲从广州回来了。父亲的舅舅是南下干部，父亲去广州看望他的舅舅回来，一进门就看到被我扔得遍地的书籍。父亲没吭声，神秘兮兮地从包里掏出一件东西说，我喝茅台酒了。你说说，咱们村长也没喝过吧，乡长也不一定喝过呢。

　　茅台酒？经常在书上看，经常听人说，茅台酒是国酒，可我还从来没有见过。我眼睛一亮，从床上弹跳起来，伸手去夺，被父亲挡住了。父亲像孩子一样说，这是国酒，可是大干部喝的，小老百姓只有看的份。

　　我的脸马上就拉长了，转身要走。父亲喊住我说，你小子先别不高兴，咱爷俩定个口头协议，你的小说啥时候发表了，我啥时候让你喝这瓶茅台酒。

　　对于老百姓来说，喝茅台酒，也许是一辈子都圆不上的梦。我大声问父亲，真的？

　　老子啥时候骗过你？父亲又说，你努力写你的小说，我也不闲着，争取过了年拆掉咱家的房子，盖全村第一座楼房。

　　父亲把茅台酒放到他的柜子里，咯噔一下上了锁，像宝贝一样藏了起来。

　　茅台酒啥滋味儿？我心里像是爬满了小虫子。我放下书本，偷偷来到父亲的房间，扒着柜子的缝隙，吸吸鼻子。忽然肩膀上被拍了一巴掌，就听父亲怒斥道：看书去！

　　我瞪了父亲一眼说，我就不信我的小说不能发表，到时候把你的茅台酒喝个底朝天！

送你一串红灯笼

父亲看着我说,好啊,发表了才算你小子有种。

一年后,我家拆了旧房子,盖起了全村第一座小洋楼。正在忙着给小洋楼贴瓷砖的时候,邮递员给我送来一份样刊,我的小说发表了。

发表了!我张开双臂,像鸟儿飞翔似的在院子里狂奔,泪水簌簌流。

父亲在衣襟上搓搓手,夺过我手里的杂志,翻开目录查找我的名字。我说,你的话该兑现了!父亲说,什么话?我说茅台酒啊。不由分说,我夺过父亲的钥匙,打开了神秘的柜子。

当我把那瓶茅台酒抓在手里的时候,我惊呆了,原来是个空瓶子。

我失望地转过身,父亲站在我身后。父亲嗫嚅着说,其实我压根儿就没有喝过茅台。那是贵人喝的酒,咱没那口福。我在你舅爷家,看他家有个茅台酒瓶就悄悄装进包里。我喝了大半辈子酒了,连茅台酒啥样也没见过。

后来,我用我的第一笔稿费,托人在市里买了一瓶茅台酒。父亲请来了村长和邻居们,围坐在我家新落成的小楼上。我打开酒瓶,酒香扑面而来,大家都吸溜着鼻子,逐个抿了一小口。

父亲笑得眯了双眼说,咱也当了一回贵人。

父亲的微笑

在我的记忆中，父亲从来没有皱过一次眉头，微笑像是被雕刻在脸上。

父亲的口哨吹得好。我小的时候，骑在父亲背上，摸着他光光的脑壳，走过元城的大街和小巷，身后总是拖着欢快的口哨声。别人望着我们的背影说，不知道崔秃子哪里来的喜事儿，整天那么神气。

崔秃子是我父亲的绰号。

那年放暑假，天热得让人受不了，我和几个同学偷偷去贵妃塘洗澡。据说贵妃塘曾经是贵妃娘娘沐浴的地方。可惜我们没有贵妃娘娘的运气好，一下水就被呛了，身子转眼沉了底。幸亏有人在塘边路过，大声喊救人，不远处几个人奔过来，七手八脚一阵忙活才把我们救上来。当时有个叫小珍子的伙伴身子软软的，再也没醒过来。

我父亲在货栈做装卸工，听说了，扔下肩上的麻袋就向

送你一串红灯笼

塘边跑。

父亲来到塘边,小珍子的爹和娘正在呼天嚎地。父亲小心翼翼地朝我走过来,我的目光呆滞,身子像筛糠。父亲微笑着,拍拍我的肩膀说,粒粒,咱们回家好不好?让你娘给你炸糖糕吃。

跨进家门,母亲骂一声小祖宗,抡起扫帚要打我,哪里还给炸糖糕。父亲一把拦住母亲说,他已经吓坏了,你想咋?赶快炸糖糕去。

我扑到父亲怀里哇哇哭。

我偷了同学的蜡笔,在家里画画,父亲发现了,问我哪里来的蜡笔。我的目光躲闪着,说是上学的路上捡到的。父亲笑了,说俺儿子挺会捡,下次给我捡个大汽车。我的脸一下红了,说话也开始结巴了,我说真的是我捡到的,不信你去问问。父亲说,哈哈,我从你脸上就看出来了,你的眼睛告诉我的。

我头上出汗了,想哭。父亲说,还给同学吧,向他认个错,或者交给老师。我说我听你的,你不要告诉我娘,我害怕我娘知道了打我。父亲说,不告诉你娘,不信?咱们拉勾。

父亲伸出手指,和我拉了一下,又在我鼻子上刮一下说,以后不许再拿别人的东西了。走,咱们上街,我给你买好多的蜡笔,俺儿子长大了当画家。

父亲在货栈干活时,从车上摔下来,我和母亲疯了一样跑着去看他。父亲额头上渗出大滴的汗水,闭着眼睛,嘴里

213

嘶嘶呻吟。我喊一声爹，父亲睁开眼，冲我笑了，伸出手来拉我。我的手被父亲攥着，攥得湿乎乎的。我说，爹，你疼吗？父亲始终冲我笑，说不疼，俺儿子在身边，就不疼了。

父亲住了半年医院。我和母亲把他拖到轮椅上，走出医院大门的时候，母亲揉着潮乎乎的眼睛。父亲抬头看看天空，微微一笑说，一条腿没了，还有两只手，还能养活你们娘俩儿。

回到家，父亲让母亲去买酒，倒了一大杯说，儿子，你老爸的新生活开始了。父亲一饮而尽。

父亲的新生活就是在家里为汽车厂编坐垫，是朋友为他揽的生意。夜里，我们睡醒了，父亲还在忙碌着。母亲说，睡吧，不睡觉哪能行？父亲笑笑，我不困，你们睡。

第二天，父亲的手肿了，母亲找来一些药水，让他抹一抹。父亲说，没事儿的，过几天就消下去了。我可不能吃闲饭，一个男人得有事做。再说住医院欠了那么多的债，能还一点就少一点。

我和母亲看着他，心里酸酸的。父亲哈哈大笑，不说了，来，吃饭！啥时候咱家的债务还清了，让小粒粒推着我去全聚德吃烤鸭。

送你一串红灯笼

我的读者

那年我害了一场病，医生说需要调养两年才能慢慢康复。从医院出来，只好回家养着。望着起早贪黑在田里劳作的父母，我心里很愧疚，有时候就把自己的苦闷写出来。写多了，试探着让妹妹帮我投进邮箱，有一篇文章竟然在市报副刊发表了。

父亲从田里回来，丢下锄头，一副惊喜的神色，双手在衣襟上搓几下，捧着报纸看了又看，还大呼小叫着跟母亲说，咱儿子有出息啊！

母亲喊父亲吃饭，父亲没抬头，说没看到我正在读儿子的文章吗？

我说，爹，你不是不识字吗？父亲脸一红，谁说我不识字？我还当过生产队长呢。你上学，每学期不都是我给你们学校签字？

父亲拿着报纸到外面去了，一会儿又回来，喜滋滋地说,我看完了,写得不错,能当大作家。父亲在屋里转一圈,又说,记住,以后每发表一篇,我要先看看。

有父亲的鼓励,我充满了自信。父亲帮我买稿纸,还帮我到邮局投稿。当然,每次发表了,父亲总是第一个抢着看,要做我的第一个读者。父亲看得很认真,把自己关在屋子里静静阅读。每次看完,把报纸还给我的时候,笑吟吟地说,不错不错。

有时候稿子投出去,总不见发表,我的情绪开始浮躁。父亲说,你把你的稿子给我,我替你把把关。父亲看了我的稿子说,很好啊,市报不给发,咱投给别的报纸试试。我心里没底气,嗫嚅着说,行吗?父亲咧开嘴哈哈大笑,行,我看行。

后来那篇文章果然被父亲言中,在省里的一家晚报发了。

有一段时间,我写得少了,发得也少了。父亲火烧火燎地说,我还等着读你的作品呢,我可是你的读者,一天不看你的作品,心里发痒,你要替你的读者负责。我说我知道了,我继续努力。父亲嘿嘿笑,这才是我的儿子。

父亲说,我给你讲讲我当生产队长的故事吧,你看能不能写到你的文章里面。父亲抽着旱烟,给我讲起了他的故事,只讲得月儿西斜。这些故事变成了我创作的素材,变成了一篇篇精彩的小说。

不久,我的病好了,还加入了市里的作家协会。有一家公司听说我的文笔好,要聘我去做文秘,搞宣传。

送你一串红灯笼

当时我正写一篇小说，公司催着要我的简介，我只好让父亲帮我誊写。父亲搓着手，嘿嘿笑。母亲也笑了，跟我说，你父亲没上过一天学，就认识五个字：有一次去城里，走错了厕所，回来就认死了男和女，还发誓要培养你读书。后来你上学了，为了给学校签字，你父亲练写他的名字，王大海这三个字，练了好久呢。

父亲埋怨母亲，你咋给孩子说这些啊。

我怔住了，泪水在眼眶里打转转。我跟父亲说，你永远都是我的第一个读者。

随感（创作谈）

写小说就像走路，我庆幸的是遇到了给我指点迷津的好人。写作之处，故乡的小说家董全安告诉我，一篇作品要让人物站起来。后来恩师刘又峰先生教诲我美学判断。在京娘湖笔会上，我向王奎山先生请教，写作的时候是否要找个模特。王老师说他写作的时候，脑海里有个画面，他的笔就写画面，随着画面的变幻，人物粉墨登场，故事次第展开，一篇小说就写成了。

让人物站起来，美学判断，写画面，构成了我创作的理论支撑。

仅仅这些是不够的。再后来，散文家王克楠告诉我，做人，胆子越小越好；写文章，胆子越大越好。他的话让我受益匪浅。因为写报告文学，跟着名家李春雷，李老师亮出了家底，掏出了绝活儿。他说文章是有气场的，有暗脉和潜流的，作者要明白这些才能准确把握细节，然后选中一个最亮的点。

大胆想象和抓亮点,促进了我创作的发育和成长。

参加小小说活动,蔡楠老师提出小小说的多义性让我有了深刻的感悟;杨晓敏先生提出写"悲悯、人性、尊严、恻隐",以及"写侧面、保密信息"的论断犹如明灯,让我辨明了写作的方向,提升了水平。

在社会底层生活中发现亮点,写自己熟悉的元城系列,是我对自己创作的一个定位。

有时在车上看到一个场景,在路上听到一句话,看电视某个画面启发冲动,或者散步时海阔天空的想象,都会形成一个故事核,赶快记在随身携带的小本子上,然后在记忆的仓库中搜寻相关的故事,展开联想,推敲打磨,一篇作品就脱胎了。

写自己熟悉的生活,这似乎是老生常谈了,其实不然,就像在富人面前谈节约,毫不过时。现在有人高产,一天能写好几篇,却鲜有精品,其原因就源于此。就像一个人看着农家生活很有诗意,可是让他参与进去,用不了几天就逃掉了。面对一个村庄,我们看到的只是外表,深入进去才能知道其中的历史和故事,苦辣和酸甜。就像面对一个陌生人,了解他,你才会知道他光鲜的外表覆盖着的喜怒哀乐,或辉煌或卑微的经历。我的写作定位在农村,写社会底层人物的命运和现状,写他们在无奈之中对传统道德的坚守。比如老曹、唐庚申、够儿、二嫂等人物。

城乡差别,社会巨变,农村已经不是老眼光中的贫穷和落后，而是出现了新问题。比如高科技带来的性别比例失调，加上一些女孩子因为打工而留在了城市，导致农村男孩子找媳妇难，花费巨资，愁得"头拱地"，一个村庄甚至会有100多个光棍；比如民间集资，一夜之间让一个个家庭崩溃；比如失衡的农村政权；比如家族的利益导致扭曲的人性。这些看似小事，却是一家一户天大的事情，影响社会稳定的潜在的社会问题，让我的写作有了不可推卸的责任感。

一个村庄不足以展示社会的形形色色，所以我把作品的地名冠以家乡的旧称——元城。在邯郸，《赵匡胤千里送京娘》和《枕中记》分别成就了两个著名的景区，我也希望我的作品能推进地方文化发展，为古城大名做点贡献。

写了这么多年，我对"慢生活"和感觉情有独钟，常常在搜罗素材之后，把自己关在家里，排除外界干扰，憋上三五天才会找到感觉。这也需要定力，在浮躁的生活中独享那份快感，我才发现我这辈子跟写作分不开了。

小说不是大说，精短阅读不仅契合了快节奏生活中的时尚阅读，更是对传统写作的回归。我坚持写小小说，一辈子干好一件事。

品味小小说，你才会感悟到小小说给人的震撼丝毫不小于中短篇。

小小说也不是越短越好，小小说是有味道的，有容量的，太小了就淡化了艺术氛围。小小说的语言也要直奔主题，不容你渐入佳境。但是语言要凝练，有特色，语言不畅，钝刀杀人。现在是画面时代，受互联网的冲击，没特色的语言，读者就享受不到语言内在的张力和妖冶，是不买账的。

这几年一直做编辑，有人给我投稿，说写的是真事儿。我告诉他，真事儿不是小说。小说是"说谎"的艺术，不可能的，但是合理的存在才能让细节产生魔力。

这只是我个人的感悟。在这种感悟下，我写了一千多篇小小说。这本集子收入的是这两年发表的一部分，我精挑细选，认为是比较满意的。余下的，有待于下本书。

最后我还想说对号入座问题。身边的亲朋好友、邻里乡亲，可能会在某篇作品里面找到影子，但是小说是艺术创作，我没有去写某一个人，只是在某一个点上诱发联想。说白了，就是瞎编的、乱造的，你能在阅读中受益，明白一件事就行了。

感谢我的右手，感谢我的大脑，感谢赏识我的编辑，也感谢生养我的父母、支持我写作的妻儿，更感谢封杀我的编辑和打击我的同道，是他们让我自信，滋生着把小小说进行到底的力量。

2015年3月于古城大名